くまなの
Illustrator029
Kadokawa Fantastic Novels
U0082605
熊熊勇闖異世界
11

▶優奈'S STATUS_

姓名：優奈
年齡：15歲
性別：女

▶熊熊連衣帽（不可轉讓）
可以透過連衣帽上的熊熊眼睛看出武器或道具的效果。

▶白熊手套（不可轉讓）
防禦手套，防禦力會根據使用者的等級而提升。
可以召喚出名叫熊急的白熊召喚獸。

▶黑熊手套（不可轉讓）
攻擊手套，威力會根據使用者的等級而提升。
可以召喚出名叫熊緩的黑熊召喚獸。

▶黑白熊服裝（不可轉讓）
外觀是布偶裝。具有雙面翻轉功能。
正面：黑熊服裝
物理與魔法防禦力會根據使用者的等級而提升。
具有耐熱與耐寒功能。
反面：白熊服裝
穿戴時體力與魔力會自動回復。
回復量與回復速度會根據使用者的等級而提升。
具有耐熱與耐寒功能。

▶黑熊鞋子（不可轉讓）
▶白熊鞋子（不可轉讓）
速度會根據使用者的等級而提升。
根據使用者的等級，可以長時間步行而不會感到疲勞。具有耐熱與耐寒功能。

◀熊緩
（小熊化）
▼熊急

▶熊熊內衣（不可轉讓）
不管使用多久都不會髒。
是不會附著汗水和氣味的優秀裝備。
大小會根據裝備者的成長而變化。

▶熊熊召喚獸
使用熊熊手套所召喚的召喚獸。
可以變身成小熊。

KUMA KUMA KUMA BEAR

Kadokawa Fantastic Novels

Contents

技能

▶ **異世界語言**
可以將異世界的語言聽成日語。
說話時傳達給對方的內容也會轉變成異世界語言。

▶ **異世界文字**
可以讀懂異世界的文字。
書寫的內容也會轉變成異世界文字。

▶ **熊熊異次元箱**
白熊的嘴巴是無限大的空間。可以放進（吃掉）任何物品。
不過，裡面無法放進（吃掉）還活著的生物。
物品放在裡面的期間，時間會靜止。
放在異次元箱裡面的物品可以隨時取出。

▶ **熊熊觀察眼**
透過黑白熊服裝的連衣帽上的熊熊眼睛，可以看見武器或道具的效果。不戴上連衣帽就不會發動效果。

▶ **熊熊探測**
藉由熊的野性能力，可以探測到魔物或人類。

▶ **熊熊召喚獸**
可以從熊熊手套召喚出熊。
黑熊手套可以召喚出黑熊。
白熊手套可以召喚出白熊。
召喚獸小熊化：可以讓熊熊召喚獸變成小熊。

▶ **熊熊地圖ver.2・0**
可以將熊熊眼睛看到的地方製作成地圖 。

▶ **熊熊傳送門**
只要設置傳送門，就可以在各扇門之間來回移動。
在設置好的門有三扇以上的情況下，可以透過想像來決定傳送地點。
傳送門必須要戴著熊熊手套才能夠打開。

▶ **熊熊電話**
可以和遠方的人通話。
創造出來以後，能維持形體直到施術者消除為止。不會因為物理衝擊而損壞。
只要想著持有熊熊電話的對象就能接通。
來電鈴聲是熊叫。持有者可藉由灌注魔力切換開關，進行通話。

▶ **熊熊水上步行**
可以在水面上移動。
召喚獸也可以在水面上移動。

▶ **熊熊心電感應**
可以呼叫遠處的召喚獸。

魔法

▶ **熊熊之光**
藉由聚集在熊熊手套上的魔力，可以產生熊熊形狀的光球。

▶ **熊熊身體強化**
將魔力灌注到熊熊裝備，就可以進行身體強化。

▶ **熊熊火屬性魔法**
藉由聚集在熊熊手套上的魔力，可以使用火屬性的魔法。
威力會與魔力、想像呈正比。
如果想像出熊的模樣，威力會變得更強。

▶ **熊熊水屬性魔法**
藉由聚集在熊熊手套上的魔力，可以使用水屬性的魔法。
威力會與魔力、想像呈正比。
如果想像出熊的模樣，威力會變得更強。

▶ **熊熊風屬性魔法**
藉由聚集在熊熊手套上的魔力，可以使用風屬性的魔法。
威力會與魔力、想像呈正比。
如果想像出熊的模樣，威力會變得更強。

▶ **熊熊地屬性魔法**
藉由聚集在熊熊手套上的魔力，可以使用地屬性的魔法。
威力會與魔力、想像呈正比。
如果想像出熊的模樣，威力會變得更強。

▶ **熊熊電擊魔法**
藉由聚集在熊熊手套上的魔力，可以使用電擊魔法。
威力會與魔力、想像呈正比。
如果想像出熊的模樣，威力會變得更強。

▶ **熊熊治療魔法**
可以使用熊熊的善良心地治療傷病。

克里莫尼亞

菲娜

優奈在這個世界第一個遇見的少女，十歲。由於母親被優奈所救而與她結緣，開始負責肢解優奈打倒的魔物。經常被優奈帶著到處跑，認識許多貴族。

修莉

菲娜的妹妹，七歲。時常緊跟在母親堤露米娜身邊，幫忙「熊熊的休憩小店」的工作，是個懂事的女孩。最喜歡熊熊。

諾雅兒・佛許羅賽

暱稱諾雅，十歲。佛許羅賽家的次女。是個熱愛「熊熊」的開朗少女。因為與優奈結緣而和菲娜成為好友。在王都有個比自己大五歲的姊姊希雅。

克里夫・佛許羅賽

諾雅的父親，克里莫尼亞城的領主。是個經常被優奈的誇張行動拖下水的可憐人。個性親民，對待優奈的態度也很直爽。

堤露米娜

菲娜和修莉的母親。被優奈治好了疾病，之後與根茲再婚。受到優奈委任，負責「熊熊的休憩小店」等店面的庶務。

王都

希雅・佛許羅賽

諾雅的姊姊，十五歲。是個綁著雙馬尾的女孩，在王都的學校就讀。優奈護衛諾雅前往王都的時候認識了她。此後，她也在學校的課外教學時受到優奈護衛。

艾蕾羅拉・佛許羅賽

克里莫尼亞領主夫人，三十五歲。平常在國王陛下身邊工作，居住在王都。人面很廣，經常在各方面幫助優奈，但有時候有點強勢。

莎妮亞

王都冒險者公會的會長。是個女性精靈，優奈與冒險者發生糾紛時會幫忙善後。解決精靈村落的問題後回到了王都。

芙蘿拉公主

艾爾法尼卡王國的公主。稱呼優奈為「熊熊」，非常仰慕她，也很受優奈的喜愛，曾收到繪本和布偶等等作為禮物。

賽雷夫

王宮料理長。優奈為了芙蘿拉公主，提供了布丁等料理的食譜給他。正在計劃以優奈的食譜為基礎在王都開店。

馬力克斯、卡特蕾亞、堤摩爾

希雅在學校的同學們。他們與希雅組隊參加學校的課外教學時遭到魔物襲擊，被擔任護衛的優奈所救，所以很仰慕優奈。

凱媞雅王妃

芙蘿拉公主的母親，艾爾法尼卡王國的王妃。很喜歡熊急與熊緩，程度甚至不輸給芙蘿拉公主。也有從優奈那裡收到布偶。

傑德、梅爾、托亞、瑟妮雅

優奈在克里莫尼亞的冒險者公會遇見的四人隊伍，屬於C級冒險者。曾在學校的課外教學與優奈再會，頗有緣分。

261 熊熊前往王都

從精靈村落歸來的我在菲娜和修莉的監督之下繪製《熊熊與少女》第三集，還用蛋做了茶碗蒸，過著悠閒的生活。

我請菲娜和修莉吃茶碗蒸，得到了她們的好評。

「差不多該去王都了。」

再繼續宅在家裡，我就要變成廢人了。

難得畫了繪本，我想拿去給芙蘿拉公主看。另外還要請艾蕾羅拉小姐複印，拿去送給孤兒院的孩子們。

我抱著小熊化的熊緩和熊急躺在床上這麼想著，牠們便抬起頭發出了「「咿～」」的叫聲。

「你們在看哪裡？」

我望向熊緩與熊急的視線前方，看見房間的窗外停著一隻大鳥。

我一瞬間心想怎麼會有鳥！隨後馬上想起這隻鳥的身分。

牠是莎妮亞小姐的召喚鳥，我記得名字好像叫做佛爾格？

我打開窗戶，佛爾格就飛到房裡，停在椅子的椅背上。

莎妮亞小姐看得到我嗎？我試著對佛爾格揮揮手。

嗯～沒有反應，我不知道莎妮亞小姐有沒有在看。再說，距離這麼遠也看得到嗎？

我仔細看佛爾格，發現牠的脖子上掛著一個筒狀的東西。這個筒子裡面該不會裝著信吧？

「不要啄我喔。」

我戰戰兢兢地往佛爾格的脖子伸出手，打開筒子的蓋子。裡面有一張捲起來的紙。

「謝謝你。」

我對佛爾格道謝，完成任務的佛爾格便叫了「咕～」的一聲，飛出房間。

我目送佛爾格離去，然後關上窗戶，把紙攤開。

『給優奈：王都開了一家奇怪的店，跟妳有關嗎？』

為什麼王都開了一家奇怪的店，莎妮亞小姐就會覺得跟我有關呢？我又沒有在王都開店，真要說我做了什麼，頂多就是蓋了熊熊屋而已。

這件事莎妮亞小姐也知道。我繼續讀信，發現答案就寫在接下來的文章裡。

『店門口放著很大的熊熊擺飾，招牌上還寫著「熊熊的休憩餐廳」呢。』

「……啥？」

什麼東西？

熊熊擺飾？「熊熊的休憩餐廳」？

我不記得自己有開過那種店。我本以為是跟我無關的店，腦中卻閃過了某個人的臉。

那個人就是艾蕾羅拉小姐。

聽說艾蕾羅拉小姐和賽雷夫先生有來參觀過我的店。我有不好的預感。

我繼續閱讀這封信。

『因為我很好奇，所以為了順便確認佛爾格能不能飛到妳那裡，我寫了這封信。如果沒有關係的話，妳就別放在心上了。』

我把信扔到桌上，召回熊緩與熊急。然後，我用熊熊傳送門移動到王都。

移動到王都的熊熊屋之後，我奪門而出，直奔有莎妮亞小姐在的冒險者公會。

我不理會他人的視線，一路狂奔。我就這麼衝進冒險者公會，眾人的目光都集中在我身上。

「是熊。」「有熊來了。」「別跟她對上眼。」「有可愛的熊跑進來了耶。」「那就是傳聞中的熊？」「別管了，不要跟她扯上關係。」「她真的打扮成熊的樣子耶。」

有很多人都在談論我，但我直接走向櫃檯。

「請問您需要什麼服務呢？」

「我想見會長——莎妮亞小姐。」

「會長是嗎？請問您有預約嗎？」

「沒有耶。可以告訴她是優奈來了嗎？我想這樣應該就可以了。」

我看著櫃檯小姐的臉，不容她拒絕。

「我、我明白了。我去詢問會長的意思，請稍等。」

櫃檯小姐站起來，走向後方。

莎妮亞小姐欠了我人情，還寄了那種信給我，我應該不會見不到她。

可是，櫃檯小姐卻一個人走了回來。

該不會見不到莎妮亞小姐吧？

「會長想在辦公室與您會面，請您移駕到裡面的辦公室。」

看來是我誤會了。

我對櫃檯小姐道謝，前往裡面的辦公室。我以前去過會長的辦公室幾次。

敲門後，我打開房間，看到莎妮亞小姐在房間最深處的窗邊座位工作。

「優奈，歡迎妳。」

莎妮亞小姐的表情看起來有點疲憊，一看到我便打了招呼。

「看來佛爾格順利把信送達了呢。」

「我剛剛才收到信。」

莎妮亞小姐好像沒有透過佛爾格的眼睛看我。還是說，超過一定距離就看不見呢？

「妳好像很累呢。」

「因為去精靈村落的期間，我累積了不少工作。」

公會會長果然是份辛苦的差事。

說到我回家之後做的事，就只有做菜給其他人吃，還有畫繪本而已，過得非常悠閒。

跟我相反，莎妮亞小姐回來後好像都忙著工作。

「話說回來，妳真的來得很快呢。」

「看到那種信，我當然會馬上趕來了。」

「這麼說來，那家店果然跟妳有關係嗎？」

「我就是來確認這件事的。那家店真的有放熊熊擺飾嗎？」

據莎妮亞小姐所說，她好像是在工作的空檔出門散步，偶然發現的。

「看到那家店的時候，雖然只有一瞬間，我還是笑得忘了疲勞呢。」

「笑……」

這個人竟然說她看到熊熊擺飾就笑了，那到底是什麼意思？為什麼看到熊熊擺飾就會想笑？

她的意思是每次看到我，她就會忍不住發笑嗎？

熊熊就等於我吧。

我握緊戴著熊熊玩偶手套的拳頭。

「……開、開玩笑的啦。優奈，妳不要擺出那麼恐怖的臉嘛。」

莎妮亞小姐一看到我的表情，馬上慌慌張張地辯解。

看來我剛才好像擺出了恐怖的表情。

「所以，妳笑完之後做了什麼？」

「我只有笑一下下啦。」

她似乎沒有要否認自己有笑。

「後來，我停下來仔細一看，發現招牌上寫著『熊熊的休憩餐廳』，所以我以為那是妳的店，才會寫信給妳。果然跟妳有關係嗎？」

我說起國王和艾蕾羅拉小姐很喜歡布丁等料理，於是決定在王都開店的事情經過。

「哦，那家店會賣布丁呀？那還真令人期待。」

莎妮亞小姐好像也很喜歡布丁。

「可是，如果是賣布丁的店，為什麼要放熊熊擺飾呢？」

「……擺飾。」

「嗯？優奈，妳剛才說什麼？」

「我在克里莫尼亞開的店也有放熊熊擺飾。」

雖然不太想講，我還是簡單說明了關於我在克里莫尼亞開的店的事。

另外，我也有提到我去精靈村落的期間，艾蕾羅拉小姐和賽雷夫先生有來克里莫尼亞參觀我的店的事。

「所以，我想他們應該是有樣學樣吧。」

「那個人的確有可能做這種事。不過，原來優奈的店也有熊熊擺飾呀。」

莎妮亞小姐的嘴角看起來略顯上揚。

「話說回來，那家店到底在哪裡？」

我很在意莎妮亞小姐的笑容，但還是改為詢問店家的位置。

莎妮亞小姐拿出王都的地圖，告訴我地點。

「我也很想跟妳一起去，但我還有工作要做。」

莎妮亞小姐望向自己桌上的文件小山。

「呃，請妳加油吧。」

我只說得出老套的臺詞。

「謝謝妳。不過，多虧有妳才能縮短花在交通上的時間，已經幫了我不少忙了。一想到若花上事先預想的日數回來該會有多累，我就覺得可怕。」

「請妳千萬要保密。」

「我知道啦。下次讓我請妳吃頓飯，表達謝意吧。」

「既然如此，請帶我去吃高級料理。」

「呵呵，沒問題。」

我和莎妮亞小姐這麼約好，然後前往有熊熊擺飾的店。

262 熊熊質問艾蕾羅拉小姐

我很快就找到那家店了。

我按照莎妮亞小姐告訴我的路線，在大街上走著，遠遠就能看見一棟很大的建築物。而且，入口前確實放著熊熊擺飾。

真的是熊。

店門口的左右兩側放著很大的熊。

它們不是造型擬真的那種熊，就跟我的店裡一樣是Q版的熊，可愛的臉吸引了路人的目光。最引人注目的是熊所拿的東西。一邊的熊拿著巨大湯匙，另一邊的熊則拿著巨大叉子。

這毫無疑問是在模仿我店裡的熊。

經過店門口的人們都面帶微笑，看著這兩隻熊。

是錯覺嗎？我總覺得路人似乎都在交互看著我和店門口的熊。

「哎呀，是那家店的熊熊嗎？」「有熊熊耶～」「有什麼活動嗎？」

因為我的打扮，大家都以為我跟這家店有關。我很想否認，但還是忍住了。

我稍微抬起視線，發現招牌正如莎妮亞小姐所說，上面寫著「熊熊的休憩餐廳」。連店名都跟我的店很像。而且，店名的旁邊還畫著熊熊的臉。

店名、Q版熊熊擺飾——有了這麼多證據，就能確定犯人是艾蕾羅拉小姐了。

我要去城堡質問艾蕾羅拉小姐為何要做出這種東西。

我打定主意，正要往城堡的方向走去時，就看到我最想見的人往這裡走來了。

「哎呀，優奈？」

艾蕾羅拉小姐帶著笑容走向我。

時機剛好，對方主動找上我了。

「妳為什麼會來這裡？」

「還問我為什麼？艾蕾羅拉小姐，這到底是怎麼回事！」

我用（戴著熊熊玩偶手套的）手指向店面。

「怎麼回事？當然是妳在王都的分店嘍。」

「我不是那個意思。我想問的是，為什麼這裡會有熊熊擺飾！」

我再次用（戴著熊熊玩偶手套的）手用力一指。

「因為這是妳的店呀。」

「這家店什麼時候變成我的店了？我只是提供了食譜而已。」

我可沒聽說開在王都的店會是我的店。這家店雖然會賣布丁和蛋糕，但終究還是由城堡負責管理。

「……的確如此呢。因為國王陛下他問：『優奈的店準備得如何？』賽雷夫也回答：『優奈閣下的店準備得很順利。』王妃殿下還說：『好期待優奈的店喔。』所以它就在不知不覺間變成優奈的店了。」

她回答得很感慨。

我只是提供了食譜而已，請不要用我的名字來稱呼這家店。而且，難道都沒有人否認或是察覺這個錯誤嗎？大家的腦袋都壞掉了吧。

「該不會就是因為這樣，妳才會到我的店裡參觀吧？」

「既然要推出優奈提供了食譜的料理，就應該去克里莫尼亞的店參觀一次嘛。」

她就是基於這個理由，才會特地前往我在克里莫尼亞開的店嗎？

「國王竟然允許這種事。」

「我用抱怨的口氣說我很想念女兒、那個貴族害我好忙、我想休假之類的，他就下達許可了。」

的確，艾蕾羅拉小姐難得前往錫林城，卻因為笨蛋貴族而忙於調查，沒有時間陪伴諾雅。

「而且，我也很想看看優奈驚訝的臉。」

艾蕾羅拉小姐這麼說完，擺出遺憾的表情。

我剛才覺得不能陪伴諾雅的她很可憐的心情徹底煙消雲散。

「後來，我看到妳的招牌，突然想起這家店還沒有名字，所以才參考了妳的店名。」

「什麼參考，沒有人阻止妳嗎？是熊耶。」

「沒有人反對喔。賽雷夫也說『真是個好名字』，國王陛下雖然一臉無奈，但還是接受了。」

「……………」

誰來阻止她吧。店名裡竟然有熊，而且這是國家經營的店耶。

「既然是由國家經營，應該要叫『王國餐廳』、『王宮餐廳』或是『國王御用餐廳』之類其他的名字吧。」

「我們可不打算取那麼嚴肅的名字，害得客人不敢光臨。」

「換句話說，妳覺得有熊的店名會讓人覺得比較親切？」

「與其這麼說，不如說這是比較大眾化的名字。」

我第一次聽到別人說熊很大眾化。

熊很凶暴耶，牠們其實是很可怕的動物，是人們恐懼的對象，而且會攻擊人。真正的熊和我的熊緩與熊急完全不同。

「參觀妳的店以後，我覺得普通的熊雖然可怕，但店裡的熊和繪本的熊看起來一點也不可怕，反而很可愛呢。重點在於怎麼呈現。」

的確是這樣沒錯。

就算是可怕的東西，畫成Q版也會變得可愛。

即使是哥布林、半獸人或龍，畫成Q版應該也很可愛。

「可是，既然妳說大眾化，意思是也會賣給一般人嗎？」

因為蛋的關係，她曾說過價格會比較高。

「最後會像妳的店一樣，把價位調整成一般人也吃得起的程度。可是要達到這個目標，好像還需要一點時間。」

這也沒辦法，畢竟還有進貨價格跟成本的問題。王都不像我的店一樣有養鳥，可以自由使用蛋。

「只要蛋的供給增加，就可以漸漸調降價格了。」

「可是，既然價格偏高，會有客人上門嗎？」

就算東西好吃，沒有客人也沒有意義。就是因為有人願意吃，料理才有價值。

「我已經以貴族為中心散布出關於販售布丁的情報了。多虧如此，詢問的人也愈來愈多，所以這一點應該不用擔心。」

她似乎早就已經開始宣傳了。情報不管在哪個世界都很重要，所以這樣的策略確實值得佩服。就算有好東西，沒有人知道的話，就跟不存在沒兩樣。

「還有，我也稍微透露了一點草莓蛋糕的情報，大家都很感興趣呢。」

看來似乎不需要擔心沒客人了。開張以後，應該不會有門可羅雀的情形。

「我打算在初期從有錢人身上多撈一點錢。接下來，我要用這些錢來提昇蛋的產量。換句話說，這就是所謂的樂捐吧。」

艾蕾羅拉小姐說出樂捐這個詞，簡直就像個黑心商人。

「可是，既然是由國家經營，錢應該不成問題吧？」

「那可不行。就算國家會出錢，資金還是有限的。購買這棟黃金路段的建築物、蛋的進貨、訓練廚師等許多事情都要用到錢呢。」

製作這種熊熊擺飾應該也很花錢。

「真辛苦呢。」

「就是說呀。妳能理解嗎？所以，我要盡量多撈一點錢，用這些錢改善環境，漸漸壓低價格。」

這是很常見的想法。

以我來舉例，購買店面的資金是來自我在原本的世界賺的錢。我還用魔法的力量捕捉了鳥兒，蓋了養鳥小屋。我幾乎沒有考慮到錢的問題。

如果當時的我沒有錢，也不會使用魔法的話，肯定沒辦法開店。

雖然熊熊布偶裝有點那個，但或許還是該感謝連同錢一起把它送給我的神吧？

「我知道店名的由來了，那這些熊熊擺飾呢？」

Q版的大型熊熊各自拿著湯匙和叉子。就算店名裡有熊，我還是覺得沒必要做什麼熊熊擺飾。

「既然店名叫做『熊熊的休憩餐廳』，當然需要熊熊擺飾了。」

艾蕾羅拉小姐就像是見到了一個傻孩子，用「妳在說什麼呀？」的表情看著我。

我說錯什麼話了嗎？

有招牌就夠了吧？

「這些熊熊擺飾做得很精美吧？」

的確很精美，做得很漂亮。

湯匙和叉子能代表餐飲店，氣氛營造得很成功。

「可是，竟然能做得跟我店裡的熊這麼像。」

「呵呵，那是因為我跟諾雅借來了這個。」

艾蕾羅拉小姐從道具袋裡拿出一個小小的熊熊擺飾。

「那是我給諾雅的熊熊嗎？」

諾雅來店裡的時候說她想要店門口的大熊，所以我做了一個放在餐桌上的小熊擺飾給她。

那就是艾蕾羅拉小姐現在拿著的熊熊擺飾。

「這些擺飾該不會就是以它為基礎做成的吧？」

「因為妳做的熊很難形容嘛，有樣本比較容易製作吧？」

就算外表年輕美麗，艾蕾羅拉小姐的年齡也不適合在語尾使用「嘛」吧。

「優奈，妳好像有什麼話想說呢。」

我搖了搖頭。

因為參考了我送給諾雅的擺飾，所以才能做出我店裡那種Q版的熊啊。謎題終於解開了。

話說回來，確實做得很好。重要的神韻都有掌握到，製作擺飾的人還真厲害。

「好了，老是站在這裡說話也不是辦法，我們進店裡吧。」

我正在觀察熊熊擺飾的時候，艾蕾羅拉小姐對我這麼說道。我的確不想一直站在這裡。

因為熊熊擺飾和我的打扮，從剛才開始就一直有視線集中在我身上。

「我可以進店裡嗎？」

「裝潢已經完成了，沒問題。」

我們經過寫著即將開張的告示板，走進店內。

不只外表很氣派，店裡的裝潢也呈現了高級的感覺。

除了某個部分。

店裡也有Q版的熊。

跟我的店不同，這間店的桌子上沒有擺小小的熊，而是擺了大隻的Q版熊熊在正中央。走進店裡的瞬間，這幅景象相當有魄力。

店裡的熊熊擺飾只有這一個，它的左右手各拿著叉子與湯匙，剛好能和外頭的熊熊擺飾做呼應。

「這也是參考妳店裡的熊做的喔。」

我的店裡的確也裝飾著熊，可是大小完全不一樣。

「我聽說有些客人會擅自拿走小隻的熊熊，或是想要掏錢來買，所以我才試著做成大隻的，這樣就不怕被偷了吧？就算有人想買，價格也很高。」

這樣的確不會被偷，但我實在沒想到店裡會有這麼大的熊熊擺飾。

「對了，艾蕾羅拉小姐，妳原本是要來店裡做什麼？」

「進行最終確認，賽雷夫拜託我來試吃料理。可以的話，能不能也拜託妳幫忙試吃呢？」

「我可以嗎？」

「當然可以，想出那些料理的優奈最有資格做最終確認了。」

既然要進行最終確認，就表示這家店快要開張了吧？

臨近開張的話，要撤除熊熊擺飾恐怕很難。

而且就算我要求撤除，這個人也不太可能答應。再說，我實在不好意思拜託人家撤除工匠精心製作的熊熊擺飾。

我陷入兩難。

我什麼都說不出口，跟著艾蕾羅拉小姐一起走向深處的廚房。

263 熊熊試吃

一走進廚房，我們便看到賽雷夫先生和幾個廚師正在忙進忙出。

「賽雷夫，我來了。」

艾蕾羅拉小姐打了招呼，賽雷夫先生等人便轉過頭來。

「艾蕾羅拉閣下，恭候多時。連優奈閣下也來了？」

看到我也在，賽雷夫先生露出驚訝的表情。

「我偶然在店門口遇見優奈，所以就拜託她也來試吃了，可以嗎？」

我會出現在店門口，既不是湊巧也不是偶然。

因為收到莎妮亞小姐的信，我才會來看看這家店。

「當然可以了。優奈閣下願意試吃，可說是幫了我們一個大忙。」

「賽雷夫先生，你好。就算要我試吃，我也沒辦法給出什麼詳細的評語喔。」

因為我是個只有普通味覺的十五歲普通女孩。

「不，只要優奈閣下覺得好吃，那就足夠了。如果有什麼料理不合您的口味，請您儘管告訴我。」

好吧，只是這樣的話應該沒問題。

「那麼在試吃之前，請讓我向優奈閣下介紹一下。這三個人是在這家餐廳工作的員工。」

聽到賽雷夫先生的呼喚，廚房裡的三個人站到賽雷夫先生旁邊。

有兩個男人和一個女孩。

兩個男人約二十五歲左右，女孩大概是十八歲吧？

而且這個女孩用很熱情的眼光看著我，是我的錯覺嗎？

大概是錯覺吧，自戀可不好。她一定只是覺得熊熊裝扮很稀奇而已。

「他們三位的操守和料理的手藝都很好，我可以保證他們不會洩漏優奈閣下的食譜，也不會壞了料理的口碑。」

讓這麼優秀的人才在這裡工作，沒關係嗎？

這是熊熊的店耶，是入口有熊的店耶。我很想問：「你們三位都能接受嗎？」

「三位，請向優奈閣下打聲招呼。」

兩個男人看著我的裝扮，跟我打了招呼。他們兩個人好像是餐廳的料理長和副料理長。

或許因為是賽雷夫先生選的人，所以他們不會對我投以令人不舒服的視線。

兩個男人打完招呼之後，排在最後的女孩用閃閃發亮的眼神站到我的面前。

「我的名字叫做榭菈。我是這三個人之中年紀最小的，但最有幹勁。我萬萬沒想到今天能見到熊熊，能見到熊熊，我非常感動！」

自稱榭菈的女孩連聲叫我熊熊，握著我的熊熊玩偶手套，有精神地打招呼。

「呃，我是『優奈』。請多指教。」

我強調自己的名字，跟她打招呼。

「好的，熊熊！請妳多多指教。」

故意的嗎？她是故意的嗎？

我明明強調了自己的名字，卻被她當成耳邊風。從她的純真笑容看來，我覺得她應該不是故意的。可是她應該沒有在心中偷笑我吧？

「榭菈！不准對優奈閣下失禮。」

賽雷夫先生輕敲了榭菈的頭。

「對不起，叔叔。」

「叔叔？」

我聽到了不容忽視的稱呼。

叔叔？賽雷夫先生被這麼年輕的女孩子稱作叔叔嗎？

會忍不住想像不可告人的關係，是因為我被漫畫和小說荼毒過頭的關係嗎？

「榭菈是我的姪女。她的手藝雖好，但一遇到關於料理的事就會變得很衝動。」

賽雷夫先生帶著嘆息這麼介紹。

「叔叔說得太過分了啦。」

「而且我已經說過好幾次了，在這裡我不是妳的叔叔，要叫我料理長。」

「對不起，賽雷夫料理長。」

你應該要勸她不要稱呼我「熊熊」才對吧。

「熊熊，我會努力工作的。請多多指教。」

「呃，可以請妳叫我的名字嗎？」

要是放著不管，她今後可能都會叫我熊熊，所以我拜託她用名字稱呼我。

被年幼的孩子稱呼熊熊，或是被年長者稱呼熊姑娘我還可以接受，但被年齡相近的人這麼叫，會讓我有種被瞧不起的感覺。

「不好意思，我們彼此之間都是叫妳『熊熊』的。」

榭菈好像驚覺了自己的疏忽，低頭道歉。

我有時候也會用「金髮女孩」或是「肌肉老爹」之類的特徵來稱呼別人，所以沒什麼資格抱怨，但自己被這麼叫就是讓我無法釋懷。

「我一直都很想見妳，今天終於見到妳了。」

她似乎很感動。

「國王陛下說『城堡裡出現的熊不會對人造成危害』，交代過衛兵和傭人『不要靠近她』。因為如此，大家都不會靠近優奈。」

我終於知道以前我去見芙蘿拉公主的時候，為什麼都不會有人攔下我了。

一般來說，普通人（而且還打扮成熊的樣子）獨自在城堡裡走動，一定會在中途被攔下來，或是招人懷疑。但就算我跟別人擦身而過，他們也只會對我低頭行禮或是看著我，沒有人阻止我去芙蘿拉公主的房間。

一般來說，應該會有人對我說「那邊那個可疑人物，給我站住」或是「妳那是什麼可疑的打扮？」之類的話。可是，我一次都沒有在城堡聽過這種話。

「這也是國王陛下為了避免給優奈添麻煩，特地下達的命令。」

還有這種事啊。

「對了，請問優奈小姐是從哪裡學到那些料理的呢？是自己想出來的嗎？到底要怎麼樣才能想出那些料理呢？請問妳為什麼要打扮成熊的樣子？」

我對城堡的事感到恍然大悟的時候，榭菈拋出了一連串的問題。

榭菈一步一步靠近我，我被她的氣勢逼得不禁後退。

「榭菈！」

賽雷夫先生再次輕敲榭菈的頭。

「叔叔，好痛喔。」

「叫我料理長。還有，妳給我冷靜一點。」

榭菈縮起身體，退到後方。

「優奈閣下，不好意思。我的姪女太不穩重了。」

「太過分了，賽雷夫料理長。我一直都很期待跟優奈小姐見面耶。」

「期待見到我？」

「妳平常不是都會帶食物給賽雷夫料理長嗎？」

因為我在午餐時間打擾芙蘿拉公主，所以我會拜託女僕的安裘小姐把料理轉交給賽雷夫先生，表達歉意。

不過，比較新奇的東西頂多只有布丁、蛋糕和披薩。另外就只有莫琳小姐想到的（還有我想到的）新品麵包而已。

「我不是還會再做同樣的東西給妳吃嗎？」

「可是，賽雷夫料理長總說原本的料理更好吃呢。」

「那當然了，因為我做的只是練習的試做品。」

「所以，我一直都很想跟同樣是女生，又會做這麼好吃的食物的優奈小姐聊聊呢。」

榭菈帶著閃閃發光的眼神再度逼近我。

這個人的情緒也太亢奮了，好可怕。身為一個前家裡蹲，我很害怕情緒亢奮的人。

「我就說了，妳給我冷靜一點。」

賽雷夫先生敲了一下榭菈的頭。

「嗚嗚，好痛喔。」

「優奈閣下，如果您要來這家店，請跟榭菈說一聲。她和您都是女孩子，應該聊得來。」

可以的話，我希望對方是個更文靜一點的人，但我當然不敢在本人面前說出這種要求，只好點點頭。

「那麼優奈閣下，麻煩您試吃了。」

大概是早就準備好了，桌上已經擺好了料理。

……分量好多。

其他的桌子上也放著蛋糕和麵包。

該不會全部都要試吃吧？

少女的肚子可裝不下這麼多食物。

既然要試吃，我比較想吃餐廳為王室準備的料理，而不是我的食譜裡有的東西。可是，他們平常就總是在做那種料理，似乎沒有必要試吃。

嗚嗚，真可惜。

「優奈小姐，這是我做的。請吃吃看。」

榭菈沒有察覺我的心情，遞出一塊切好的蛋糕。

她遞出的蛋糕是草莓蛋糕，外表很精美，鮮奶油的裝飾也很漂亮。

我用叉子把蛋糕切成一口的大小，送進嘴裡。

嗯，很好吃，鮮奶油也做得很好，不會輸給涅琳做的蛋糕。這個味道確實可以拿來當成商品

販賣。

「妳覺得如何呢？」

「很好吃。」

我又吃了第二口、第三口給她看。

「真的嗎？太好了～」

聽到我說的話，榭菈露出高興的表情。

「那麼，請試吃下一種蛋糕。這是我想出來的蛋糕。」

這個蛋糕不是使用草莓，而是用了其他水果做成的。我像剛才一樣用叉子切蛋糕，開始試吃。不同於草莓的味道在口中擴散。

「嗯，酸酸甜甜的，很好吃。」

使用不同的水果，蛋糕的風味也會不一樣呢。

「優奈閣下，也請吃吃這些。」

「還有這些。」

兩位男廚師接著端了自己做的料理過來。

這些也很好吃。

我繼續吃著他們端出的料理。

我不說客套話，先表示「這終究只是我的個人喜好喔」，然後坦白回答「很好吃」、「不合我口味」、「非常好吃」、「太甜了」、「不夠辣」等感想。

三人的手上各自拿著筆記，把我們的感想寫下來。

雖說是按照我給的食譜做成的，我還是能感覺到他們是用了心在烹調。

「優奈，妳真受歡迎。」

「不要只顧著笑，艾蕾羅拉小姐也快吃吧。」

「我有吃呀。」

的確，艾蕾羅拉小姐面前的盤子已經空了。

太奇怪了。明明跟我吃得一樣多，艾蕾羅拉小姐卻完全沒有吃撐了的樣子。

看來艾蕾羅拉小姐的胃似乎比我還要大。

264 熊熊讓艾蕾羅拉小姐看繪本

最後吃完布丁，試吃會就結束了。

布丁也很好吃，沒有什麼問題。

他們要在布丁上裝飾水果等食材，呈現豪華感。裝飾冰淇淋之類的東西好像也不錯。

「優奈閣下，今天非常謝謝您。」

雖然不知道能讓他們參考多少，總之就是這樣了吧。

我有吃到一些原創的蛋糕，感覺很新鮮。我有請他們告訴我食譜，之後可以轉達給涅琳。

「不用謝，每一樣東西都很好吃。」

「能聽到您這麼說，我們也很高興。」

聽到我說的話，三人露出安心的表情。他們明明不用這麼拘謹的。

雖然試吃已經結束了，但蛋糕是做成一整塊，所以還有剩。

我問賽雷夫先生要怎麼處理剩下的料理，他說要拿去城堡分給士兵或傭人。既然如此，我真希望他一開始就這麼說。要是知道這件事，我就不必勉強自己吃光他們端來的料理了。我輕撫自己的肚子。因為穿著布偶裝所以摸不出個所以然來，但一定不會有問題的。

當我摸著肚子思考關於食物的事時，想起了前幾天做好的食物。

「賽雷夫先生，這是我新做的料理，你要吃吃看嗎？」

我這麼說道，從熊熊箱取出一碗茶碗蒸。

看到茶碗蒸的瞬間，賽雷夫先生的表情就變了，聽了我的話的三名廚師和艾蕾羅拉小姐也都注視著我。

「哎呀，優奈，沒有我的份嗎？」

艾蕾羅拉小姐說出驚人之語。都已經試吃了那麼多東西，我真不敢相信她竟然還吃得下。

「……妳還吃得下嗎？」

她有可能是在開玩笑，所以我姑且這麼確認。

「聽說優奈做了新的料理，我當然要吃了。」

看來她是真的要吃。她和我的胃似乎有著性能上的差異。

「胖了我可不管。」

我只好拿出另一碗茶碗蒸。

榭菈和兩位男廚師的視線也轉向茶碗蒸。

他們果然想吃。

「呃，各位也要吃嗎？」

「可以嗎？」

「如果可以的話。」

「我想吃。」

我又多拿出三碗茶碗蒸。

「很燙的，小心喔。」

多虧熊熊箱，茶碗蒸熱呼呼的。

艾蕾羅拉小姐把茶碗蒸的蓋子打開。

「真的很燙呢。優奈的道具袋真方便。」

「這也是用蛋做成的料理吧？」

賽雷夫先生觀察茶碗蒸，聞它的味道。

「請趁熱吃喔。」

雖然冷了也可以吃，但還是熱的比較好吃。

所有人拿起湯匙，開始試吃茶碗蒸。

材料包含從精靈村落取得的蘑菇、從密利拉鎮採來的竹筍，還有孤兒院養的咕咕鳥肉。

有些茶碗蒸也會放蝦子。

「跟布丁一樣軟，可是味道完全不同呢。」

「的確如此。熱騰騰的，很好吃呢。」

「優奈小姐，這真是太好吃了！」

餐廳的料理長和副料理長都吃得津津有味。

「裡面放了很多料呢。」

「有雞肉，還有這是蘑菇嗎？這種口感究竟是？」

是在說竹筍嗎？

其他三個人也在思考，卻得不出答案。

果然沒有人會吃竹筍嗎？

也對，那種筒狀的綠色植物那麼堅硬，一般人當然不會想去吃它。

「優奈閣下，這究竟是什麼呢？」

賽雷夫先生用叉子撈起竹筍。

他們果然不知道竹筍。

「這是竹筍，這裡可能沒有人會吃這種東西。」

我從熊熊箱裡取出竹筍。

竹筍埋在地底下的時候可以吃。等到它長大，就會變成堅硬的竹子。

我畫出竹子的外觀，說明它長在地底下的時候可以吃，長到地面上就不能吃的事。

「我知道竹子，可是我沒想到它是可以食用的。」

賽雷夫先生用稀奇的眼光看著手上的竹筍。

「用炒的也很好吃喔。如果你想要，我可以送你幾個。」

「那真是太令人高興了。」

我從熊熊箱裡拿出幾根竹筍。

「謝謝您，我會用它來試做各種新菜色的。」

賽雷夫先生拿到了新的食材，看起來非常高興。

後來我教了他一些竹筍的基本料理方法。如果不知道去澀的方法，就沒辦法煮出好吃的竹筍。

「賽雷夫先生，這是茶碗蒸的食譜。至於裡面的料，你就用買得到的東西多多嘗試吧。」

我讓熊熊玩偶手套咬著寫有茶碗蒸食譜的紙，交給賽雷夫先生。

「總是受您照顧，真的可以嗎？」

「也不完全是為了賽雷夫先生啦，請做給芙蘿拉公主吃吧。」

聽到我的回答，賽雷夫先生稍微思考了一下。

「我明白了。不過，一開始請由您親自帶給芙蘿拉公主吃吧。要是我先做給她吃，她可能會以為是我做的。」

我點頭回應賽雷夫先生，他就收下了我的食譜。

「優奈，妳會不會太溺愛芙蘿拉大人了？」

「會嗎？」

「妳對菲娜和我女兒也很好，該不會是對小孩子特別偏心吧？」

我沒有那個意思。

「應該是因為菲娜和諾雅都是好孩子吧。如果諾雅是任性又霸道的孩子，我才不會對她好呢。」

如果她像那個笨蛋貴族的兒子，我既不會靠近她，也不會對她好。

「呵呵，女兒得到別人的讚美，真令人高興。」

或許是對我的答案很滿意，艾蕾羅拉小姐露出笑容。而在這個時候，榭菈的雙眼注視著賽雷夫先生手裡的食譜。

「賽雷夫料理長！」

榭菈使勁舉起手。

「怎麼了？」

「請問我可以學習那份食譜嗎？」

「當然不可以。」

賽雷夫先生把寫著食譜的紙收到口袋裡。

「怎麼這樣～」

被賽雷夫先生一口拒絕，榭菈沮喪得跪下來，用雙手撐著地面。

她沮喪的樣子和反應都好誇張。

「只有叔叔知道，太賊了。」

她抬起頭，一臉哀怨地看著賽雷夫先生。

「是料理長。」

賽雷夫先生糾正她的稱呼。

只有我覺得怎麼叫都無所謂嗎？

「優奈小姐。」

站起來的榭菈轉頭看著我。

她用眼神拜託我告訴她。

「我是為了芙蘿拉公主才會提供食譜的。」

「我願意做給芙蘿拉公主吃！」

「我怎麼可能讓妳來做芙蘿拉公主的料理？」

榭菈強而有力地回應，卻遭到賽雷夫先生反駁。

榭菈很沮喪，料理長和副料理長聽到我和賽雷夫先生的對話，臉上也浮現遺憾的表情。

賽雷夫先生不理會他們三人，開始讀起食譜。

「這果然也要使用到蛋。」

最近我帶去的食譜大多都會用到蛋。

「對了，蛋的來源沒問題嗎？」

「這妳就不必擔心了，王都的附近有生產蛋的村子。只不過，他們原本生產的量只夠自己人在村裡吃，所以我請那個村子增加鳥隻的數量，由城堡收購產下的蛋。」

「對方竟然答應了。」

「畢竟整頓村子的錢都是國家出資嘛。雖然他們也有其他的工作，但還是承接下來了。」

要過正常的生活，就得做好本來的工作。工作可不能疏忽。

「不過，我剛才也說過了，我打算慢慢增加蛋的產量。所以，為了這個目標，要請各位努力賺錢了。」

艾蕾羅拉小姐看向餐廳的三名員工。

三人都回答「是」。

茶碗蒸的試吃結束後，我們也差不多該告辭了。

「優奈小姐，我很期待妳的光臨，請撥空來店裡看看喔。」

聽到榭菈這麼說，料理長和副料理長都點頭附和。

「嗯，我會來的。」

榭菈很高興聽到我這麼說，但要我以熊熊裝扮走近有熊熊擺飾的店，其實很需要勇氣。下次拜訪的時候，帶菲娜一起來好了。

艾蕾羅拉小姐和我走出店門口。

一走到店外，放在入口的大型熊熊擺飾馬上映入眼簾。

結果我還是沒能請人家撤除熊熊擺飾。就這樣，有熊的店真的要在王都開幕了。

雖然我跟樹菈說自己還會再來，但穿著熊熊布偶裝很難靠近這裡啊。

「對了，優奈，妳為什麼會來王都？該不會是來拜訪芙蘿拉大人的吧？」

我就是來看眼前這些熊的，但我實在難以啟齒。

我會得知這件事是因為莎妮亞小姐的召喚鳥，而且還是透過熊熊傳送門過來這裡的。

「呃……沒錯。我畫了新的繪本，所以想拿來送給芙蘿拉公主。」

「繪本嗎？芙蘿拉大人一定會很高興。」

好吧，這也不算說謊。我本來就打算要送繪本給芙蘿拉公主。

只不過，不是打算要今天送。

我們邊走邊聊天。

「對了，繪本要怎麼辦？」

「什麼怎麼辦？妳不送給她嗎？」

「不是要複印嗎？我想說如果送給芙蘿拉公主，可能就不能複印了。」

「原來妳在擔心這個呀？沒問題的，只要拜託芙蘿拉大人，她就願意借給我。而且新的繪本還是由妳來交給芙蘿拉大人吧，那麼做，芙蘿拉大人也會比較高興吧。」

我們決定先送繪本給芙蘿拉公主，之後再複印。

「不過我有點想看看呢，可以請妳先給我看嗎？」

「可以是可以啦。」

為了讓艾蕾羅拉小姐看繪本，我們前往艾蕾羅拉小姐的宅邸。

一走進宅邸，身為女僕的史莉莉娜小姐就來迎接我們了。

「優奈大人，歡迎您。」

「史莉莉娜小姐，我來打擾了。」

雖然在魔偶事件當時和她見過面，但那之後又發生了許多事，感覺很久沒見過她了。

「史莉莉娜，拜託妳準備茶水了。」

「是，我明白了。」

到會客室後，我馬上拿出繪本給艾蕾羅拉小姐看。

「妳的畫還是一樣可愛。」

艾蕾羅拉小姐面帶微笑，翻閱繪本。

「這對姊妹是菲娜和修莉吧？」

她用手指著繪本上的姊妹。

「這孩子跟菲娜一樣，很可愛呢。下次妳帶她來王都的時候，記得帶她來我家喔。」

我目前沒有這個計畫，但如果有機會來王都，我就帶她來見艾蕾羅拉小姐吧。

艾蕾羅拉小姐繼續翻閱繪本。

「小女孩要搬家了呀，這樣就要跟熊熊說再見了。」

她繼續翻頁。

「小女孩被魔物襲擊的時候，熊熊救了她呢，簡直就像勇者一樣，而且連熊緩和熊急也登場了。呵呵，牠們真可愛。」

翻頁。

「哎呀，熊熊可以像優奈的熊緩和熊急一樣變小，跟小女孩一起生活呀。如果是能變小的熊，那就能一起生活了。」

艾蕾羅拉小姐讀完了繪本。

我喝著史莉莉娜小姐端來的茶，問道：

「妳覺得如何？」

「當然覺得很好嘍。可是，我能問一個問題嗎？」

「什麼問題？」

「搭乘馬車的其他人後來怎麼了？」

菲娜也有問我，這是這麼令人在意的地方嗎？

「我沒有決定，讀者可以自由想像。」

「自由呀，這真是個困難的要求。每個人應該都會有不同的詮釋吧？」

我對艾蕾羅拉小姐說起自己對菲娜說明過的事。

有些人認為乘客被魔物殺死了，有些人認為乘客成功逃走了，詮釋會因唸故事的人而異。

艾蕾羅拉小姐似乎能理解我畫繪本的理念，讓我有點高興。

「我是不是要重畫比較好？」

「不，沒有那個必要。我只是在想，被芙蘿拉大人問到時要怎麼回答。所以，如果優奈有自己的一套答案，我想先知道。」

艾蕾羅拉小姐把讀完的繪本還給我。

這個嘛，那應該要由唸故事的人來決定。

如果父母希望孩子變成勇敢的人，或許會教孩子不要逃跑，挺身保護小女孩。如果是商人，可能會要孩子快速下決定，立刻逃跑。如果是王室成員，會怎麼教孩子呢？

身為王室成員，逃跑也是很重要的。可是，我總覺得教孩子對國民見死不救也不太對。教育真是一件難事。

我正在跟艾蕾羅拉小姐聊繪本的內容時，門外傳來吵鬧的聲音，房門突然被打開。

打開門的人是穿著學生制服的希雅。

「母親大人，優奈小姐真的來了嗎！」

「希雅，好久不見。」

「優奈小姐！」

我一打招呼，希雅就開心地朝我跑來。

還有另外三個人跟著希雅從門外走了進來，他們是同樣穿著學生制服的卡特蕾亞、馬力克斯、堤摩爾。

265 熊熊得知校慶的消息

所有人都穿著制服，好像是剛剛放學。

「優奈小姐，妳怎麼會來王都？是因為工作嗎？」

「不是，只是有點事要辦。其他人怎麼會來希雅的家？」

是大家約好一起寫功課嗎？

以前是邊緣人的我從來沒有跟朋友一起念書過。

而且，根本沒有那個必要。這可不是酸葡萄心理喔，我能自己寫功課，所以沒有那個需求。

「我們約好一起討論校慶要辦的項目。」

「校慶？」

看來他們不是來開讀書會的。

「之後學校會舉辦由學生來擺攤或者表演的祭典，我們決定也要參加。」

希雅回答了我的問題。

原來這個世界的學校也有校慶啊。

我小學的時候沒有校慶，國中時又足不出戶，所以我當然沒有參加過校慶，我對校慶的知識

265 熊熊得知校慶的消息

都是來自漫畫和電視。

異世界的校慶跟原本世界的校慶一樣嗎？

校慶好像都會開店、演戲，或是演奏樂器吧？

有什麼項目是異世界特有的嗎？

這裡是劍與魔法的世界，所以我有點感興趣。

「好像很好玩呢。」

「不嫌棄的話，優奈小姐要不要也來參觀？」

「可以嗎？」

「當然，請務必光臨。」

嗯～我是很想去，但我穿著熊熊布偶裝去人那麼多的地方沒問題嗎？會不會被別人以為是校慶的表演？不過這樣反而不會招來異樣眼光，搞不好還不錯？

「那麼希雅，你們要做什麼？」

「這個嘛，因為大家的意見都不一樣，所以我們今天才會集合起來討論。」

希雅望向其他三個人。

「我想跟其他成員一起較量劍術。」

馬力克斯提議舉辦劍術比賽。

「魔法比賽也不錯吧？」

卡特蕾亞好像想要舉辦魔法比賽。不愧是異世界，竟然會有使用劍與魔法的活動，感覺真有趣。

「我想要做東西來賣。」

堤摩爾這麼說。

「希雅呢？」

「我覺得比賽也可以，但是平常上課就會做類似的事，所以我比較想做只有校慶能做的事。」

「就辦比賽嘛，比較能吸引目光。」

「是沒錯，但平常上課就會互相切磋了吧？」

「可是平常沒有機會表現給其他人看啊。」

馬力克斯就這麼想引人注目嗎？

我想建議馬力克斯穿上熊熊布偶裝。

「我們來開店賣東西嘛。」

「要賣什麼？」

「攤販會賣的食物吧？」

「我已經聽說有其他小組要擺攤了。」

「是呀，他們說自己有管道能推出美味的料理呢。」

馬力克斯和卡特蕾亞反對堤摩爾的點子。

「呃，你們四個人要籌備一個項目嗎？不是以班級為單位？」

「與其說班級，不如說是社團會一起籌備。另外也有的人是好朋友一起參加。」

好朋友……我的內心承受打擊。

一般來說都會跟朋友一起享受這種快樂的校園生活呢。

「所以，馬力克斯和卡特蕾亞想舉辦比賽型的表演，堤摩爾想開店。希雅呢？」

聽完三個人的提議，艾蕾羅拉小姐向正在跟我對話的希雅問道。

「硬要說的話，我選開店。只有在這種活動才能開店嘛。」

意見剛好是二對二。

「可是，如果要辦比賽，四個人不會太少嗎？」

「有很多人都想舉辦比賽，所以我們會加入他們。」

「既然如此，不贏就沒辦法引人注目了吧？」

「會贏！」

「會贏的。」

馬力克斯和卡特蕾亞這麼說，堤摩爾卻露出不甘願的表情。

「我還以為希雅會比較傾向比賽呢。」

「畢竟上課時也會比賽，所以我想做點不一樣的事。」

開店的確不是能夠輕易就體驗到的事。

「另外兩個人不想開店嗎？」

「也不是不想，我只是比較想做引人注目的事，開店太樸素了。」

「如果是有趣的店，我也可以接受，如果是大家都會開的店，那就不必了。」

也就是說，馬力克斯可以接受引人注目的店，卡特蕾亞則想開稀奇的店吧？

引人注目、稀奇，又能拿來賣……會有那麼剛好的東西嗎？

「順便問問，希雅和堤摩爾覺得舉辦比賽怎麼樣？」

「如果不能開店，那就沒辦法了。」

「我也是。」

「換句話說，大家都可以接受彼此的意見吧。」

明明是四個學生的事，現在卻是艾蕾羅拉小姐在主持會議。

這該不會是職業病吧？

艾蕾羅拉小姐的個性就是會跳出來領導眾人，或是插手去管有趣的事。可是，她也不是會做麻煩事的類型。

「既然如此，要不要先從開店的角度思考呢？只有校慶可以體驗開店的感覺喔。」

「是沒錯，但堤摩爾也只說想開店，提不出什麼好點子。」

「所以我才希望大家一起來想啊。」

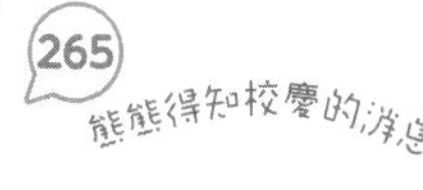

「事情就是這樣，大家都拿不定主意，再不快點決定就糟糕了。」

希雅露出困擾的表情。

「既然這樣，希雅也幫忙想點子啊。」

「就是嘛。如果要開店的話，妳也要提出一些意見才行。」

希雅陷入沉思，然後抬起頭向我求救。

「優奈小姐，妳有沒有什麼好點子呢？」

「我嗎？」

焦點突然轉移到我身上。

「優奈小姐，妳不是有在克里莫尼亞開店嗎？有沒有什麼東西是稀奇又簡單，而且可能受歡迎的呢？」

「希雅，這件事不該拜託優奈吧？」

艾蕾羅拉小姐這麼責備希雅。

不過，可能受歡迎的店啊……應該是餐飲店吧。布丁做起來很花時間，而且又有蛋的問題在，所以不行。我也可以幫忙準備，但這樣就不算是靠他們自己的力量完成了。

烤披薩需要石窯，沒辦法在教室裡做。還有其他東西嗎？

「優奈，妳不用這麼認真思考啦，這是希雅他們的問題。」

艾蕾羅拉小姐這句話讓所有人都陷入沉默。

可是，對於校慶有點期待的我忍不住思考。

不侷限在校慶也沒關係吧？

如果是祭典的話，有撈金魚、套圈圈、打靶、面具等攤位。食物類有炒麵、刨冰、蘋果糖、章魚燒、烤魷魚、烤玉米、烤香腸……

啊啊，我差點忘了。

有一種做起來很簡單的東西。

我以前做給菲娜和修莉吃的點心。

她們兩個人都不知道那個東西，這個世界可能沒有吧？

可是姊妹倆都是在窮苦的家庭長大，或許只是她們不知道而已。菲娜她們是在遇到我之後才不用擔心吃的問題，在那之前，她們跟生病的堤露米娜小姐一起住，母女三人過著貧困的生活。

「我知道一種好東西。」

「真的嗎！」

聽到我說的話，希雅發出高興的聲音。

「你們或許也知道。」

「是什麼東西呢？」

「你們知道粗砂糖可以做出類似棉花的點心嗎？」

「用粗砂糖做出類似棉花的點心？我不知道，其他人知道嗎？」

希雅問其他人，但所有人都搖頭。我最後望向艾蕾羅拉小姐。

「我也沒有頭緒。」

艾蕾羅拉小姐似乎也不知道。

只問這些人不準。

貴族的女兒、騎士的兒子、財務官員的兒子很有可能不知道平民百姓吃的點心。我想問問一般民眾的意見。

正當我這麼想的時候，史莉莉娜小姐打開了房門，端著希雅等人的茶走進房間。

「不好意思，我端茶來了。」

史莉莉娜小姐把茶放到希雅等人面前。

「如果還有什麼事，請隨時吩咐。」

史莉莉娜小姐低頭行禮，轉身走向房門。

女僕是一般民眾吧？在這些人之中，史莉莉娜小姐說的話最有可信度。

「史莉莉娜小姐，我可以問妳一個問題嗎？」

我叫住正要走出房間的史莉莉娜小姐。

「有問題要問我？如果是我能回答的問題，當然可以了。」

「妳知道粗砂糖做的類似棉花的點心嗎？」

「類似棉花的點心嗎？」

史莉莉娜小姐歪頭沉思。

「我不太清楚呢。」

「那應該沒問題吧？我也想請史莉莉娜小姐看看，可以請妳待在這裡嗎？」

「夫人。」

史莉莉娜小姐望向艾蕾羅拉小姐。

「沒關係。」

得到艾蕾羅拉小姐的許可後，我從熊熊箱裡取出棉花糖機。

「優奈小姐，這是什麼？」

「這叫做棉花糖機。我就是要用這個東西來做類似棉花的點心。」

為了做出這個東西，我辛苦了一番。

以前在店裡看到粗砂糖的時候，我以為可以輕鬆做出棉花糖，卻怎麼做都無法成功。

經過一番奮鬥，我才終於完成了棉花糖機。

雖然辛辛苦苦做出來了，我卻只用過一次，因為棉花糖很容易吃膩嘛。

棉花糖就是偶爾吃才好吃，不適合每天吃，這一點我敢保證。

我接著拿出在店裡買到的粗砂糖，倒進棉花糖機中央的圓形洞口。

「那是普通的粗砂糖吧？」

「是在克里莫尼亞和王都都買得到的東西喔。」

我是在王都找到的，後來菲娜才告訴我，克里莫尼亞也有賣。

一般人做甜點時也會用到。

「使用這個東西就能做出類似棉花的點心嗎？」

「對啊，看好了喔。」

我對棉花糖機的魔石灌注魔力，中央的火魔石便開始加熱，裝了粗砂糖的中心部分則開始高速迴轉。

過了一段時間，中心的筒狀零件從側面的洞噴出了白色的棉絮狀物體。

「優奈小姐！有東西跑出來了！」

「這就是棉花糖。」

白色絲線般的東西不斷噴出。

糟糕，現在可不是呆呆看著的時候。我忘了準備竹筷，不，應該說是木棒。

我從熊熊箱裡取出幾根木棒。

接著，我握住其中一根，在棉花糖機裡畫圈，讓絲線纏繞到木棒上。絲線逐漸附著在木棒上，形成棉花的模樣。

一開始很困難，但我現在已經能做得稍微好一點了。

棉花糖變得愈來愈大。

「真的愈來愈像棉花了。」

我用木棒不斷畫圈，讓棉花糖變得愈來愈大。

這樣應該夠了。跟祭典的攤販所賣的東西很類似的棉花糖終於完成了。我關掉棉花糖機。

「完成了。」

大家都用驚訝的表情看著我和棉花糖。

「怎麼了？」

「沒有啦，我只是覺得很不可思議。」

「優奈小姐，這是魔法嗎？」

「不是，這是用砂糖做的點心。」

我把棉花糖遞給希雅。

「真的就像棉花一樣。」

「真的耶。」

所有人都注視著棉花糖。

「優奈小姐，這要怎麼吃呢？」

貴族的千金小姐應該不會直接把食物拿起來啃吧？

「妳可以用手把它撕成一口大小再吃。」

「用手嗎？」

「貴族是不是不能用手拿東西來吃？」

「不，也不是不可以。」

希雅看著棉花糖，用手撕了一塊放進嘴裡。

「好甜……」

「是啊，畢竟是砂糖嘛。」

我沒有用到其他的材料。

「希雅，我也要吃。」

艾蕾羅拉小姐撕了一塊希雅遞出的棉花糖，放進口中。

「真的很甜呢。」

「希雅，也可以給我一點嗎？」

「還有我。」

「我也要。」

卡特蕾亞、馬力克斯、堤摩爾三人都對棉花糖很有興趣。

希雅遞出棉花糖，三人都撕了一塊，放到嘴裡。

「一放進嘴裡就融化了呢。」

「真不可思議。」

「嗯，可是很好吃。」

由他們五個人試吃了的反應來看，果然是第一次見到這種點心。

「史莉莉娜小姐，妳知道這種點心嗎？」

希雅也把棉花糖遞給史莉莉娜小姐，她撕了一塊來吃。

「不，我不知道這種點心。別說是吃了，連看都沒有看過。」

「那應該沒問題吧？你們要不要在校慶上賣這個？」

聽到我這麼問，希雅等人面面相覷。然後，所有人都轉頭望著我。

「我覺得這樣就可以同時滿足馬力克斯想引人注目的要求、卡特蕾亞想賣稀奇商品的要求，還有堤摩爾想開店的要求了。」

「賣這個東西肯定會很暢銷，可是……」

希雅與堤摩爾對未知的點心感到困惑。

「這的確很引人注目，而且也賣得出去。可是，這樣好嗎？優奈小姐竟然告訴我們這麼稀奇的東西。」

這也不是什麼了不起的點心，在祭典上就吃得到，所以沒關係。

「優奈，雖然我可能沒什麼資格這麼說，不過這是不是也應該在店裡推出呢？」

「這種點心是節慶專用，所以我不打算拿來賣。」

「節慶專用？是嗎？」

這個嘛，其實超市等賣點心的地方也會賣，但對我來說，棉花糖就是祭典特有的小吃。

於是，校慶的主題就決定是棉花糖店了，大家也馬上開始練習。

266 熊熊接到希雅的委託

教會大家做棉花糖之後，我也差不多該去送繪本給芙蘿拉公主了。

「那麼，大家要在校慶之前好好練習喔。」

「優奈小姐，請等一下！」

希雅叫住正要離去的我。

「什麼事？」

「那個……如果要透過冒險者公會委託優奈小姐擔任護衛，請問要出多少錢，妳才願意承接呢？」

「護衛？」

委託金額是可以自己決定的嗎？

的確好像是可以指名冒險者的？

我記得冒險者公會有規定最低金額，金額會根據委託內容而改變，例如會因護衛人數、距離、路途是否危險等等而改變。如果要僱用高階冒險者，金額就會比較高。如果要指名冒險者，好像可以跟對方談價格？我沒有接過這類委託，所以不太清楚詳情。

「希雅，妳有什麼想去的地方嗎？」

如果是希雅的委託，根據委託內容，我可以不收費。

「不，我不是那個意思。如果優奈小姐要來參觀校慶，我希望妳可以帶諾雅一起來。她將來應該也會進入王都的學校就讀，去年也說過想來，卻沒辦法來，所以我想請她來玩。」

也就是說，希雅想請我護衛諾雅來王都吧。

真是個貼心的好姊姊。

聽說這種事，我都想免費幫忙了。

而且，我實在不好意思向希雅收錢。

我根本不知道護衛的行情，也不記得上次護衛的報酬是多少錢了。

「既然如此，我來付錢吧。」

「母親大人？」

「優奈，如果妳要來參觀校慶，可以請妳帶諾雅一起來嗎？我會支付護衛費用的。」

聽完我們的對話，艾蕾羅拉小姐說她願意支付委託金。

好吧，比起跟希雅收錢，跟艾蕾羅拉小姐收錢比較不會心痛。

「還有，可以請妳也帶菲娜和修莉過來嗎？」

「菲娜和修莉嗎？」

「因為上次去妳的店裡參觀時，菲娜幫了我很多。可是，如果只帶菲娜來玩，修莉就太可憐了。」

只把修莉留在家，這樣的確很可憐。

雖然她偶爾會表示不服氣，基本上還是很懂事，總是會乖乖看家。

「為了答謝上次的事，我想招待她們到我家作客，還有去逛校慶。」

艾蕾羅拉小姐覺得這是個好主意，談得很起勁。

我也很少有機會能參觀校慶，所以想帶她們倆一起來。

問題是她們倆是否願意過來。修莉要是聽說能來王都，應該會高興得什麼都不想就跟過來，菲娜如果聽到是艾蕾羅拉小姐這位貴族的邀請，不知道會不會拒絕？不過，就算能帶她們來，也要先取得堤露米娜小姐和根茲先生的許可吧。

「可是，要護衛三個小孩子，優奈的負擔可能會很重呢。」

使用熊熊傳送門就不會有負擔，但我不能這麼說。

而且我很煩惱，不知道要不要對諾雅和修莉說出熊熊傳送門的事。

我不覺得諾雅和修莉會到處張揚，但知道祕密的人還是愈少愈好，畢竟也有可能不小心洩露祕密。

諾雅搞不好會說「優奈小姐，熊熊傳送門好厲害，呼嗯……」之類的夢話。

「優奈，妳能同時護衛三個人來王都嗎？」

「熊緩和熊急能載兩個人，就算有魔物或盜賊襲擊也可以逃走，沒問題的。」

除非是被龍襲擊，否則都逃得掉。

我曾經見過飛龍，真希望也能看看龍是什麼樣子。龍可不是經常能遇見的對手。

「優奈這麼強，還有熊緩牠們在，比委託普通的冒險者還要令人安心呢。」

艾蕾羅拉小姐說得好像已經確定要帶諾雅她們一起來了似的，雖說我是不介意帶她們來啦。

「那麼，可以把她們三個人交給妳嗎？」

「可以啊。如果克里夫不答應我帶諾雅過來，那還要帶菲娜和修莉過來嗎？」

「如果是那樣，只帶菲娜和修莉過來也可以，因為我是真的想向菲娜她們道謝。而且，如果是優奈擔任護衛，我想克里夫應該不會拒絕的。」

也對，我想他應該很信任我的護衛技術。問題只剩下諾雅能不能來了。

如果克里夫不允許，我就只能請諾雅放棄了。

「我會寫封信給克里夫，妳能等我一段時間嗎？」

艾蕾羅拉小姐從座位上站起，不等我回應就走出了房間。

既然已經答應接下委託，接下來就要思考移動方式了，雖然也只有兩種方式。

「優奈小姐，謝謝妳。這樣一來，諾雅一定會很高興的。」

「希望克里夫會答應。」

諾雅和希雅都是貴族，卻跟米莎的生日派對上出現的笨蛋貴族的笨蛋兒子不同。把她們和那種人比較好像有點可憐，但我實在不覺得他們同樣都是貴族。

「優奈小姐，菲娜的妹妹是什麼樣的孩子呢？」

「長得跟菲娜很像，是個好孩子。而且她們跟諾雅和妳一樣，都是感情很好的姊妹。」

「呵呵，我愈來愈期待校慶了。我很高興能見到諾雅，也很期待見到菲娜和她的妹妹修莉。」

希雅自從國王誕辰以來都沒有再見到諾雅，上次見到菲娜則是魔偶事件的時候。

「那麼，為了避免在校慶上丟臉，我們一定要學會做出漂亮的棉花糖。」

我和希雅在說話時，馬力克斯等人都在練習做棉花糖。

「嗚嗚，太甜了，我再也吃不下了。」

「我也是。」

馬力克斯和堤摩爾努力吃著練習時做的棉花糖，但他們似乎吃不下了。

這也難怪，棉花糖可不是能一直吃的東西，那感覺就像直接舀砂糖放進嘴裡一樣。

「好了，你們兩個快點吃，要不然就不能繼續做了。」

卡特蕾亞把形狀不好看的棉花糖遞給馬力克斯。

「卡特蕾亞，妳也吃一些啊。」

「會變胖的，請容我拒絕。」

「妳啊～」

女生再怎麼喜歡甜食還是有極限，而且會在意體重，我也一樣會在意剛才在店裡試吃太多東

西的事。既然是女孩子，這也沒辦法。所以，這時候只能請馬力克斯和堤摩爾多多加油了。

「這些給你們換換口味。」

我從熊熊箱裡拿出當作零食的洋芋片。

它是用鹽來調味的，正好可以換換口味。

「優奈小姐，謝謝妳。」

馬力克斯把洋芋片放進嘴裡。

「賣這個該不會也可以吧？」

馬力克斯吃著洋芋片這麼說。

的確，賣這個好像也可以，經馬力克斯這麼一說我才發現。

校慶給我一種祭典的印象，所以我沒有想到要賣洋芋片。

「嗯，也對。這個也很好吃嘛。」

「跟棉花糖一起賣，一定會很暢銷。」

堤摩爾和卡特蕾亞吃著洋芋片表示贊同。

「可是，馬鈴薯買得到嗎？」

「有些地方有在賣。」

史莉莉娜小姐回應了我的疑問。

「因為價格便宜，所以許多窮苦人家都會吃。」

原來如此，只是我不知道而已啊。

「那就沒問題了。」

「可是，我建議各位不要這麼做。」

「為什麼？明明這麼好吃。」

馬力克斯吃著洋芋片，這麼問史莉莉娜小姐。

「如果有客人吃了洋芋片而引發腹痛，各位可能會遭到懷疑。」

有些人以為吃了馬鈴薯就會腹痛。實際上，只要別吃發芽的部分就沒問題了。

「那倒也是。我聽優奈小姐說這是馬鈴薯的時候也嚇了一跳。」

「所以，我建議各位不要在貴族與富人會參加的校慶推出這道料理。」

史莉莉娜小姐說出在校慶賣洋芋片的壞處。

「說得也是。」

「就算做了，要是被人家挑三揀四，感覺也很不舒服呢。」

「而且難得優奈小姐都教我們怎麼做棉花糖了。」

經過四個人的討論，大家決定放棄賣洋芋片。

「那麼我去準備一些新的飲料給各位解膩。」

史莉莉娜小姐走出房間。

於是，四個人一邊吃著洋芋片，一邊重新開始做棉花糖。

我看著他們四個。這時，艾蕾羅拉小姐拿著信回來了。

「那麼優奈，妳把這封信交給克里夫吧。」

我把給克里夫的信收進熊熊箱，以免遺失。

這樣一來，我就沒有理由繼續待在這裡了。

我詢問了校慶的日期，然後向大家告辭。

「那麼，我很期待校慶那天。大家加油吧。」

「優奈小姐，今天非常謝謝妳。」

希雅這麼說，其他人也向我道謝。

我離開宅邸，往城堡前進。

奇怪了，艾蕾羅拉小姐不用回城堡嗎？

267 熊熊不知道怎麼回答芙蘿拉公主的問題

我離開宅邸，為了送繪本給芙蘿拉公主而前往城堡。

帶諾雅和修莉來王都啊……該怎麼辦呢？

如果是騎著熊緩和熊急移動，那就沒有任何問題。只帶菲娜的話，還可以用熊熊傳送門過來，有諾雅和修莉在就沒辦法了。

把熊熊傳送門的事情告訴她們兩個人就可以節省時間，也能跳過麻煩的移動過程。

我思考著該怎麼辦，走著走著就抵達了城堡大門。

跟平常一樣，站在門前的士兵注視著我。

畢竟我的打扮就算從遠處眺望也很顯眼嘛。

我正要跟門前的士兵打招呼的時候，士兵朝我的後方望去，開口說道：

「這不是艾蕾羅拉大人嗎？」

「辛苦了。」

這句話從我的正後方傳來。我回過頭，發現面帶笑容的艾蕾羅拉小姐就站在後面。

「艾蕾羅拉小姐？妳是什麼時候開始跟著我的？」

「當然是從妳離開我家的時候開始嘍。」

也就是說，她打從一開始就跟在我後面嗎？

「竟然跟蹤別人，太過分了。」

因為我一直在想事情，所以沒有發現艾蕾羅拉小姐跟在我後面。

「優奈走路的背影很可愛呢，小小的尾巴會晃來晃去。」

「請不要偷看別人的屁股。」

我用手遮住屁股上的尾巴。

我也很喜歡看熊緩和熊急的尾巴，可是一想到自己的尾巴被別人盯著看，我就覺得很難為情。

「明明很可愛。」

我把尾巴遮起來，她就露出了遺憾的表情。

「所以，妳為什麼要跟蹤我呢？至少叫我一聲吧。」

「我一開始有打算叫妳呀，可是我對妳的尾巴很好奇，看著看著就抵達城堡了。」

這個人……

「所以艾蕾羅拉小姐是來工作的嗎？」

「算是吧，我的工作不只有妳店裡的事喔。」

「原來妳有乖乖工作啊。」

「優奈真過分，我一直都很認真工作呀。」

我對「一直」這個說法感到懷疑，但從開店和蛋的事來看，她似乎的確有在工作。可是，看著艾蕾羅拉小姐的行為，我只會覺得她在摸魚。

「在這裡站著說話也不是辦法，我們快去找芙蘿拉大人吧。妳不是要送繪本給她嗎？」

咦，妳不是為了工作才來城堡的嗎？我沒有這麼吐槽。因為吐槽了也只會覺得累，我決定充耳不聞。

就算艾蕾羅拉小姐偷懶不工作，會感到困擾的人也是國王他們，不是我。

我和艾蕾羅拉小姐得到士兵的許可，進入城堡。

「話說回來，我真沒想到只用砂糖就能做出那種點心。優奈，妳怎麼會知道那種東西？」

她是想要刺探什麼嗎？

就算如此，我也不能說自己是從異世界來的。

「當然是祕密了。」

「哎呀，真可惜。不過，妳要小心喔。因為妳的料理大多很罕見，應該會有人對那些料理感到好奇。如果妳要嘗試什麼新的事情，請妳盡量事先告知我一聲，我想我應該能幫上妳的忙。」

艾蕾羅拉小姐該不會是在擔心我把棉花糖告訴希雅等人的事吧？

「到時候就拜託妳了。」

我坦率地拜託她。

「所以妳做出什麼新的食物時，要先拿給我喔。」

這才是真心話嗎？

艾蕾羅拉小姐的真心實在是讓人難以捉摸。

希望諾雅和希雅將來不要變得像艾蕾羅拉小姐一樣。

「優奈，妳剛才是不是在想非常失禮的事？」

「我只是覺得艾蕾羅拉小姐很體貼而已。」

「真的嗎？」

她用懷疑的目光看著我，但我可不能說出剛才的心聲。

我別開視線，朝芙蘿拉公主的房間走去。

「優奈，妳可以好好看著我嗎？」

「妳再不去，我就要自己去了喔。」

「我要去啦。」

「妳不用工作嗎？」

我本來不打算問的，卻不小心問出口了。

「不用啦，該做的事都做了。」

真的嗎？

我在熟悉的走廊上走著，就看到熊緩布偶用兩隻腳在前面走著。

旁邊還有安裘小姐的身影。

「是艾蕾羅拉大人和優奈小姐嗎？」

「熊熊？」

聽到安裘小姐的話，熊緩布偶開口說話了。

布偶什麼時候有對話功能了……魔法真可怕……

好了，玩笑就開到這裡。其實只是芙蘿拉公主抱著我送給她的熊緩布偶而已。芙蘿拉公主從熊緩布偶後面探出頭來。

「熊熊！」

芙蘿拉公主一看到我就高興地跑了過來。

因為她抱著熊緩布偶，奔跑的腳步很不穩。

話說回來，她聽到我的名字就反問了「熊熊？」，可見她知道我的名字。

等她長大之後，還會再繼續稱呼我「熊熊」嗎？

「對了，妳們兩位怎麼會在這裡？」

我撫摸抱住我的芙蘿拉公主的頭，這麼詢問安裘小姐。

「我們剛散步完，正要回去。」

「散步？帶著布偶去嗎？」

「跟熊熊一起散步。」

芙蘿拉公主抱緊熊緩布偶。熊急不在，感覺有點可憐，但這也沒辦法，芙蘿拉公主的嬌小身體沒辦法拿著兩個布偶走路。

「那麼，優奈小姐是特地來見芙蘿拉公主的嗎？」

「我畫了新的繪本，想拿來送給她。」

「繪本！」

「繪本是嗎？」

芙蘿拉公主很開心，安裘小姐也露出高興的表情。

芙蘿拉公主就算了，怎麼連安裘小姐也露出這麼開心的表情呢？

「那麼芙蘿拉大人，既然優奈小姐帶繪本來了，要不要回房間呢？」

「等妳們散步完也可以喔。」

「我要回房間。」

芙蘿拉公主抱著熊緩布偶，用小小的手抓住我的衣服。

看來芙蘿拉公主也想看繪本。

「那我們去妳的房間吧。」

我用熊熊玩偶手套握住芙蘿拉公主的手，走向她的房間。

「優奈果然對小孩子特別好。」

回顧我過去的行動，我確實無法反駁艾蕾羅拉小姐的這句話。

我真的太溺愛小孩了嗎？可是看到這張笑容，怎麼有人忍心甩開她的手呢？

艾蕾羅拉小姐要是看到芙蘿拉公主的笑容，肯定也無法視而不見。我這麼想，覺得自己的溺愛理當沒有任何問題。

一回到房間，芙蘿拉公主便走向床鋪。

放在床上的枕頭旁邊放著熊急的布偶。它不能一起去散步，似乎獨自留下來看家了。芙蘿拉公主把熊緩布偶放到枕邊，然後把熊急布偶抱起來。

……？

我不懂芙蘿拉公主的用意。

「要帶到房間外的是黑熊，要在房間裡抱的是白熊。」

安裘小姐發現我正在看著芙蘿拉公主的舉動，於是這麼告訴我。

「為什麼要這麼區分？」

「那個，因為帶去戶外的時候會弄髒，黑熊就算弄髒也不顯眼……所以……」

安裘小姐有些支支吾吾地說明。

因為熊緩是黑色的，就算弄髒了的確也不顯眼。

「所以，她會在房間裡抱白熊，要帶出去走動的時候才選黑熊。」

我知道熊急沒有被冷落，但如果是這種理由，熊緩未免有點可憐。

熊緩並不是為了被弄髒才一身黑……可是，或許比白色的熊急被弄髒要來得好吧？

為了讀繪本，抱著熊急布偶的芙蘿拉公主移動到有桌子的地方。

「來，這就是新的繪本。」

「謝謝熊熊。」

芙蘿拉公主開心地接過繪本，坐到椅子上開始閱讀。安裘小姐移動到芙蘿拉公主後面，一起閱讀繪本。

安裘小姐也對內容很好奇呢。

「艾蕾羅拉大人，請問這本繪本……」

「嗯，當然會發放了，放心吧。」

「非常感謝您。」

安裘小姐很高興。芙蘿拉公主慢慢翻閱繪本。安裘小姐雖然很想一起看，卻為了幫我們泡茶而暫時離開。她使用房間內附的茶具幫我們準備茶水。

「謝謝。」

我喝著茶，稍事休息。

今天國王也會來嗎？我有看到士兵在奔跑的樣子。

我喝著茶這麼想的時候，芙蘿拉公主露出悲傷的表情。

「要和熊熊分開……」

唰啦。

她翻到下一頁。

「熊熊！」

這次又露出高興的表情。

是熊熊登場了嗎？

然後，她讀完了繪本。

「熊熊可以變小嗎？」

聽到這個問題，房間裡的所有人都停止動作，一時之間難以回答。

普通的大人都知道熊不會變小。

像菲娜或諾雅這樣的年紀的孩子，大人說明過後就能理解。可是，芙蘿拉公主這麼小，要向她說明或許很難。

因為她認識會變小的熊。

「芙蘿拉大人，熊熊是不會變小的。」

安裘小姐代替我說明。

「可是，熊熊的熊熊會變小呀。」

「那是因為……」

安裘小姐一臉困擾地看著我和艾蕾羅拉小姐。芙蘿拉公主把熊緩等召喚獸和真正的熊搞混了。

牠們本來就很難區別，我也無法說明。

「芙蘿拉大人，普通的熊是不會變小的，優奈的熊是比較特別的熊。而且，出現在繪本裡的熊也是特別的。」

艾蕾羅拉小姐代替安娑小姐說明。

「特別？」

「是的，牠們是特別的熊。所以，普通的熊是不會變小的。」

話雖如此，芙蘿拉公主依然歪著頭。

真是難以說明。

這都要怪我給了她錯誤的認知。

如果是不認識熊緩和熊急的小孩子，就會把這個故事當成繪本中的幻想情節。可是，芙蘿拉公主知道熊緩和熊急會變小的事。

「熊熊不會變小嗎？」

芙蘿拉公主抱緊熊急布偶。

「我的熊比較特別一點。所以，普通的熊是不會變小的。」

我再次溫柔地向她說明。

芙蘿拉公主露出好像懂了，又好像沒有懂的模糊表情。

我完全沒想到她會針對熊變小的事情發問。

如果她問我逃走的人怎麼了，我本來打算推給艾蕾羅拉小姐或是國王回答，但這次的問題實在出乎意料。

而王妃殿下和國王比平常還要晚到，他們今天似乎沒能馬上擺脫工作。

他們一看到芙蘿拉公主在讀的繪本就對我表示感謝。

然後，我想起與賽雷夫先生的約定，拿出茶碗蒸來招待芙蘿拉公主等人，大家都吃得津津有味。

268 熊熊去見諾雅

把繪本送給芙蘿拉公主後，我回到了克里莫尼亞。好了，現在要怎麼辦呢？

我還在煩惱到底要不要把熊熊傳送門的事情告訴諾雅與修莉。

「所以，妳覺得我該怎麼辦？」

「就算優奈姊姊問我這種事，我也不知道。」

我把菲娜叫來家裡當顧問，她卻這麼回答我。

我都拿出茶水跟點心來招待了，跟我商量一下會怎樣嘛。我總不能說「妳不給我意見，我就不給妳點心」，所以還是在菲娜面前擺上新的點心。

「話說回來，我和修莉都要去王都嗎？」

「艾蕾羅拉小姐說妳們兩個關照過她，想要向妳們道謝。」

「我沒有做什麼值得她道謝的事呀？」

「妳不是有帶她去店裡參觀嗎？」

「我只是代替媽媽說明一點事情而已。」

堤露米娜小姐因為緊張變得不太可靠，我能想像菲娜為此努力的樣子。

「我覺得妳不用想太多啦，她好像真的只是想答謝妳而已。話說回來，妳不想去王都嗎？」

「校慶是希雅大人的學校舉辦的祭典吧？」

「大概吧。我也沒見過，所以不太清楚。我聽說學生會開店或是表演。」

我在原本的世界也沒有參加過校慶，對校慶的了解只有聽來的知識，更何況是異世界的校慶，我當然不可能知道詳情。

「我雖然想去，可是我和修莉能參加嗎？會不會給優奈姊姊添麻煩……」

原來她是在擔心這個啊？

「我一點也不覺得麻煩。要是妳不來，我反而困擾。」

聽到我這麼說，菲娜一臉疑惑地歪起頭。

「要是我沒有帶妳去，艾蕾羅拉小姐可能會說『為什麼妳沒有帶她來？』、『妳真的有好好邀請她嗎？』或是『妳應該沒有說些奇怪的話吧？』之類的怨言。」

好吧，其實我覺得她不會真的這麼說，但肯定會覺得遺憾。

「嗚嗚，優奈姊姊這麼說，我就不好意思拒絕了。」

真是體貼的好孩子。

「開玩笑的啦。我不會勉強妳，如果妳真的不想去就告訴我吧，我會隨便找個理由應付艾蕾羅拉小姐的。」

如果菲娜真的不願意，我不會帶她去。

我希望菲娜和修莉可以好好享受校慶。要是勉強自己去，快樂的事也會變得不快樂的。

「真的不會麻煩嗎？」

「我從來不覺得和妳在一起是件麻煩的事。反而是我常帶著妳到處跑，妳會不會覺得困擾？」

「真的嗎？」

「我也從來沒有那麼想過！優奈姊姊帶我去很多地方玩，我覺得很開心。」

「嗯，第一次去王都的時候也是，還有第二次去王都，去海邊跟其他村子，去米莎大人的生日派對……我有時候很緊張，有時候很累，但結束之後再回想，就覺得每次都很好玩。」

看菲娜的表情就知道，她並沒有說謊。

「謝謝妳，能聽到妳這麼說，我也很高興。那麼，這次妳也可以來吧？」

「嗯，我想去參觀校慶。」

「那我們就一起去吧。要是沒有菲娜在，我也會寂寞的。」

我想摸摸菲娜的頭，但我的手搆不到坐在對面的菲娜，所以我對她露出微笑。

「可是，這次修莉也要一起去吧？」

「因為艾蕾羅拉小姐希望我帶妳們兩個一起去。在那之前還要先取得提露米娜小姐和根茲先生的許可就是了。」

「媽媽應該會答應，可是不知道爸爸會不會答應？」

我常常帶菲娜出門，他們應該會答應，可是修莉只有去海邊那一次有在外面過夜過。不過，她們身邊有我，而且我好歹也是冒險者，曾經打倒頗強的魔物，根茲先生應該也願意信任我。

「那麼，從妳的角度來看，妳覺得我把傳送門的事告訴修莉會不會有問題？」

「她很守信用，應該不會說出去。可是，修莉可能會比較想要跟熊緩和熊急一起出門。」

這一點，諾雅也一樣。

如果知道不能跟熊緩和熊急一起出門，喜歡牠們的諾雅會怎麼想呢？

我跟菲娜商量了一番，卻還是沒得出答案，所以我決定直接詢問諾雅。

「優奈小姐，歡迎您的光臨。」

一抵達諾雅的家，菈菈小姐就出來迎接我了。

「克里夫和諾雅在嗎？艾蕾羅拉小姐託我帶了一封信來，可以跟他們見面嗎？」

「您找兩位嗎？諾雅大人就在房間裡，但克里夫大人應該還在工作，必須先問過他一聲。我去向克里夫大人確認，請您在屋裡稍等。」

菈菈小姐帶我到房間裡，我等了一段時間，諾雅就衝進來了。

「優奈小姐！」

她一進到房間裡就笑著跑過來。

我重新觀察起她的臉，果然跟姊姊希雅一模一樣。等她長大成人，應該會變得很像艾蕾羅拉小姐吧？

希望諾雅的個性不會變得像艾蕾羅拉小姐一樣，希望她能繼續當個直率的人。

「優奈小姐，怎麼了嗎？」

我一直盯著諾雅的臉看，讓她露出了困擾的表情。

「沒什麼啦，我只是覺得妳很可愛。」

「優奈小姐比我還要可愛！」

「謝謝誇獎。」

我摸摸諾雅的頭，她便順勢坐到我的旁邊。

「我聽菈菈說妳帶了母親大人的信來？」

「其實是寫給克里夫的信啦。希雅說她想請妳去參觀校慶，所以拜託我帶妳過去。」

「姊姊大人她……」

諾雅露出高興的表情。

諾雅和希雅跟菲娜和修莉一樣是感情融洽的姊妹呢。光是看著她們就讓我深感溫馨。

「為了取得克里夫的許可，艾蕾羅拉小姐寫了一封信。所以諾雅，妳覺得呢？想不想去校慶？」

「當、當然了，我想去！」

她的答案一如我的預料。

「那麼，接下來只要克里夫答應就行了。」

「我一定會說服父親大人。」

諾雅強而有力地宣言。

不過，畢竟有艾蕾羅拉小姐的信，我也打算出面幫忙拜託克里夫。如果他不情願，我就請他還我人情。雖然我給他添了不少麻煩，我們好像已經扯平了，但他應該還是剩了一點沒還吧？

「這樣一來，又可以跟熊緩和熊急一起出門了。」

諾雅用高興的笑容面對我。

諾雅果然想騎熊緩和熊急去。

「妳這麼期待跟熊緩和熊急一起出門嗎？」

「當然了！光是聽說這件事，我就期待得不得了。這次可以獨占熊緩和熊急了。」

「這次菲娜和修莉也會一起去，所以妳不能獨占熊緩和熊急喔。」

就算沒有她們兩個人，其中一隻也要由我騎，所以不算是獨占。

「菲娜和修莉也要一起去嗎？」

「是艾蕾羅拉小姐拜託我的，妳能接受跟她們兩個人一起去嗎？」

「當然可以了。雖然很可惜不能獨占，我還是很高興能跟她們兩個人一起去王都。」

「什麼事這麼高興？」

克里夫打開房門，走了進來。

「優奈，讓妳久等了。」

「我正在跟諾雅聊天，沒關係。」

克里夫帶著疲憊的神情坐在我面前的沙發上。

他很累嗎？

領主的工作好像很辛苦。

「我聽菈菈說了，艾蕾羅拉託妳帶了一封信來。」

我從熊熊箱裡取出艾蕾羅拉小姐託我轉交的信，遞給克里夫。克里夫接過信，讀了起來。我覺得他的眼神在讀信的過程中變得愈來愈險峻了，是我的錯覺嗎？

「校慶啊……都已經到這種時期了。」

「父親大人，拜託，我想去參觀校慶。優奈小姐也願意擔任護衛，我能不能去呢？」

諾雅用認真的表情拜託克里夫。

「我會把諾雅平安送到王都的，你能答應嗎？」

使用傳送門就能瞬間抵達，但騎熊緩和熊急也能安全前往王都。

「我不擔心護衛的事。把諾雅交給妳保護，比其他冒險者都還要安全。」

看來他很信任我。

既然如此，為什麼一提到王都，他就要露出這麼不情願的表情呢？

「諾雅，妳有好好念書嗎？」

「是的，我有好好念書。」

克里夫稍微陷入沉思。

「你有什麼擔心的事嗎？」

克里夫望著諾雅。

「上次的國王誕辰，有幾個人向我提出和諾雅的婚約。」

「我的婚約？」

諾雅的表情變得不安。

這也難怪。突然提到婚約的事，不論是誰都會動搖。

「當然，我全部都拒絕了。」

聽到克里夫這麼說，諾雅的臉上浮現安心的表情。

我也感到安心。

突然聽說婚約的事，我嚇了一跳。

「可是，如果要訂婚，應該先找姊姊大人吧？」

「希雅要繼承我的位置，所以必須招贅。因此，想跟我或艾蕾羅拉攀關係的人就會盯上諾雅。我不打算把女兒（諾雅）交給那種傢伙。」

看來克里夫是在擔心會不會有男人靠近諾雅。

就算是對貴族社會不熟悉的我也知道，想跟艾蕾羅拉小姐或克里夫攀關係，跟他們的女兒結婚是最快的。

可是，原來才十歲就會遇到這種事啊，大概是想要趁早得手吧。在這個世界，這或許是很常見的事，但實在是讓人不太舒服。

「父親大人，請別擔心，我不會跟任何人結婚的。」

諾雅用正經八百的表情對父親克里夫這麼宣言。

「……諾雅，那樣也不太好吧？」

「要結婚的話，我要跟優奈小姐結婚。」

「…………」

「…………」

克里夫和我都愣住了。

我們應該沒聽錯吧？

「諾雅，我是女生耶。」

該不會是因為某個部位很小，她以為我是男生吧？

我們都一起洗過澡了，應該不會搞錯才對。

我今晚要淚溼枕頭了。

「我當然知道了。」

我想也是，太好了。

在我原本的世界，某些國家的同性是可以結婚的。難道這個世界的女生和女生也可以結婚嗎？

真是令人驚訝的事實。

「只要跟優奈小姐結婚，我就可以永遠跟熊緩和熊急在一起了。」

原來她的目的不是我，而是熊緩和熊急。雖然這麼說很有諾雅的風格，我還是希望她不要說些讓人誤會的話。

「我知道了。那麼優奈，諾雅就拜託妳了。」

「咦，要我跟諾雅結婚嗎！」

「不對！女人之間當然不能結婚了，我是要妳護衛她到王都。照這個樣子看來，有奇怪的男人靠近她應該也不會有事。還有，優奈，妳在校慶也會跟諾雅一起行動吧？」

「我是這麼打算的。可是如果希雅或艾蕾羅拉小姐要陪她，我有可能會跟她分開。」

「既然如此，妳跟諾雅在一起的時候，如果有人靠近她，就拿出艾蕾羅拉給妳的佛許羅賽家徽給對方看。如果對方還是不肯退讓，要動粗也沒關係。」

「可以嗎？」

「如果看到佛許羅賽家的家徽還不肯退讓，那就是對方的錯。」

「會不會遇到地位更高的人？」

「目前應該不會。如果有那種人，應該會直接找我或艾蕾羅拉談。」

的確，如果是擁有足以和克里夫或艾蕾羅拉小姐談話的地位的人，應該會先照會他們。

簡而言之，如果有人靠近諾雅就拿出刻著家徽的小刀給對方看，要是對方還要繼續靠近就可以開扁了。好簡單的工作。

不論如何，諾雅已經取得參觀校慶的許可了。話說回來，克里夫突然說什麼「拜託妳了」，我還以為是指結婚的事呢。話不說清楚是會招來誤會的。

諾雅和克里夫的話都說得不夠完整，嚇了我一跳。

269 熊熊邀請菲娜和修莉參觀校慶

事情談完以後，克里夫按住自己的眼頭。

「你是不是很累啊？」

走進房間的時候，他的神情很疲憊，看起來非常勞累。

「因為某人，人與貨物的流通量增加，讓我的工作也連帶增加了。」

「領主真辛苦。」

「說得好像不干妳的事似的。」

「因為是領主的工作，當然不干我的事了。」

領主的工作跟我沒有關係。

「領主的工作確實是我的工作，但工作增加是因為妳的關係吧？」

「因為我的關係？」

為什麼克里夫忙於工作會跟我有關？

「……妳忘了自己做過的事嗎？」

「……？」

克里夫用傻眼的表情看著我。

就算他用這種表情看著我，我也不記得自己有做過什麼。真希望他不要胡亂找碴。

「那個……優奈小姐，應該是在說妳找到密利拉鎮的隧道那件事吧？」

我恍然大悟地輕拍熊熊玩偶手套。

啊啊，原來是密利拉的隧道的事啊。

因為跟我無關，所以我當成耳邊風了。我現在才想起來，上次跟米蕾奴小姐見面時，她曾說過因為有其他城市的商人來訪，所以她非常忙碌。

「妳終於想起來了。」

嗯，我忘得一乾二淨了。

因為我去密利拉鎮的時候會使用熊熊傳送門，所以早就忘了隧道的事。

我被迫做了熊熊石像，所以腦袋自動淡忘了這件事。人就是會遺忘討厭的事。

「多虧了隧道，來往克里莫尼亞和密利拉的人潮開始變多了。愈來愈多人想去海邊觀光，也有人想去做生意，旅館因此供不應求。人一多，糾紛也會增加。我加派了警衛去巡邏，可是人數依然不夠，而且克里莫尼亞和密利拉雙方都有這個問題。雖然在意料之內，狀況卻來得比想像中更快。」

光聽就覺得好累，我絕對不要當什麼高官。幸好我當初不是轉生成王公貴族，要是轉生成那種人，我就不能自由玩樂了。

「人潮變得那麼多啊。」

「比想像中還要多。」

我也從堤露米娜小姐那裡聽說過類似的事，但我沒放在心上。

而且我不會住旅館，最近也很少到商業公會或冒險者公會露臉，所以沒有得到這類的情報。

「好像很辛苦呢。」

所以克里夫才會這麼累啊。

我的疑問順利得到解答。

「說得好像沒妳的事。」

「咦？當然沒我的事了。」

原因或許出在我身上，但人們的來往跟我沒有關係。管理的責任在於克里夫，那是他的工作，理應跟我這個普通百姓沒有關係才對。

「話雖如此，事情會變成這樣也是因為妳找到隧道，妳至少也該表現出一點歉疚的態度吧。因為這件事，我能陪伴女兒的時間也減少了。」

換句話說，他是因為沒時間陪諾雅才會生氣吧？

「既然如此，要不要把隧道堵起來？」

我試著這麼開玩笑。當然了，我不打算那麼做。要是那麼做，海鮮就無法流通到克里莫尼亞，安絲也會很困擾。重點是我會很困擾。

「別鬧了。妳要是那麼做，我會昏倒的。」

我可不想聽到這種宣言。

看來現在的克里夫沒有心情開玩笑。

「優奈小姐，不可以。要是那麼做，我們就不能去海邊了。」

又有個人把我的玩笑話當真了。

「我是開玩笑的啦。」

我這麼安撫諾雅。

「算了，等到培育好人才就不會這麼辛苦了。能承擔工作的人才上了軌道以後，我的工作也會減少。米蕾奴好像也很努力，最近應該就能輕鬆點了。除非某人又添了更多麻煩給我們。」

他說的某人就是指我吧。

真希望他不要把我說得像走到哪裡都有殺人案發生的偵探，或是不斷遇到強敵的戰鬥動畫或漫畫的主角。

我只是被神帶到異世界，穿著布偶裝的平凡十五歲女孩。

我給克里夫添了麻煩的，就只有關於密利拉的隧道、一萬隻魔物的事，還有在米莎的生日派對時去尋仇的事後處理而已。

……從我來到這座城市的日數來看，這樣該不會很多吧？

「呃……我能幫上什麼忙嗎？」

我稍微萌生了一點罪惡感，於是這麼問道。

「不，沒關係。我早就料到這般情況，只是發生得比想像中更快而已。我也說得太過火了，抱歉。」

「那就好，有什麼事再找我吧。如果能幫，我會盡量幫忙的。」

「光是帶諾雅去校慶就算是幫了我一個忙。帶她去好好玩吧。」

「我當然會了。」

看來我幫不上忙。

克里夫再次按壓眼頭，似乎相當疲勞。我是很想對他使用治療魔法，但要是惹來麻煩就糟糕了。到底能為他做什麼呢……

對了！我有個好東西。

「對了，克里夫，這個給你。」

我從熊熊箱裡取出神聖樹的茶葉，分出一份送給克里夫。

「這是什麼？」

「這是能消除疲勞的茶葉，等一下再請菈菈小姐泡給你喝吧。」

「應該不是什麼奇怪的東西吧？」

克里夫一臉懷疑地接過神聖樹的茶葉。

「我有拿什麼奇怪的東西給你過嗎？」

竟然懷疑我，太過分了。

我可不記得自己有拿奇怪的東西給克里夫吃過。

……應該沒有。

……沒有吧？

「說得也是。雖然會帶來麻煩，但妳帶來的每一種食物都很好吃。抱歉，懷疑了妳。我會心懷感激地收下它。」

克里夫稍微思考了一下，然後收下神聖樹的茶葉。

「那麼，你喝過之後要告訴我感想喔。」

「怎麼，妳沒有喝過嗎？」

「我有喝過啊。可是，我感覺不到消除疲勞的效果，所以對這方面的感想很好奇。」

只要穿著熊熊布偶裝，基本上就算奔跑也不太會累，而且晚上穿著白熊服裝睡覺，到了隔天早上就能消除疲勞了，所以我無法確認茶葉的效果。

我也懶得特地脫掉布偶裝來測試。

「優奈小姐，我也想喝喝看。」

「可以啊，但是味道就只是普通的茶喔。」

「那麼，等一下就請菈菈泡吧。我要回去工作了，諾雅就拜託妳了。」

克里夫拿著茶葉走出房間。

「諾雅，能參觀校慶真是太好了。」

「對呀！這都是託優奈小姐的福。那麼，我們什麼時候出發呢？」

這是最大的問題。

「嗯～關於這件事，我想跟妳商量一下，明天可以請妳來我家一趟嗎？」

「……優奈小姐家嗎？好的，沒問題，可是為什麼呢？」

「我說過菲娜她們也會去吧。」

「是的。」

「所以，我有事情要跟妳們三個人說。」

這裡有諾雅以外的人在，所以我不能提到熊熊傳送門的事。

「有事情要跟我們說？我知道了，明天我會去優奈小姐家拜訪的。」

「謝謝妳。那麼，明天我們就邊吃午餐邊聊吧。」

離開諾雅家的我暫時返回熊熊屋，然後在根茲先生下班的時間前往菲娜家。

這當然是為了說明我要帶姊妹倆前往王都的事。

為了菲娜和修莉，我必須說服根茲先生和堤露米娜小姐。我準備了各種說服的說詞，比如「我會保護她們的，請放心」、「我好歹也是C級冒險者」、「我連黑蝰蛇都能打倒了，就算被魔物襲擊也不用擔心」、「即使真的被襲擊，有熊緩和熊急就逃得掉」。

我帶著滿滿的幹勁登門拜訪。

「跟優奈一起的話，沒問題。」

「跟優奈一起就可以安心了呢。」

「…………」

我目瞪口呆。

我沒想到這麼簡單就得到許可了。

根茲先生和堤露米娜小姐所說的話讓修莉很開心，菲娜也很高興。

「可以嗎？」

「是啊，菲娜去王都的時候，修莉也乖乖待在克里莫尼亞看家了嘛。如果菲娜和修莉要單獨前往，我會阻止她們，可是既然優奈也在，我就能放心了。」

原來根茲先生這麼信任我，這讓我很高興。

「而且，我們可不能拒絕艾蕾羅拉大人的邀請。」

「就算拒絕，艾蕾羅拉小姐也不會……」

雖然不會生氣，但應該會難過吧？

「根據上次見面的感覺，我想艾蕾羅拉大人應該不會生氣。可是就算如此，我們還是不能拒絕貴族大人的邀約。」

「艾蕾羅拉大人是好人……可是，她的個性有點強勢。」

我去擊退魔偶的期間，聽說艾蕾羅拉小姐帶著菲娜到處跑，還把她當成換裝娃娃。我很想看看菲娜換上各種衣服的樣子，但一想到如果是自己受到這種對待，就讓我不禁顫抖。

「而且單靠我們夫妻倆，沒辦法輕易帶她們去王都。不只是菲娜，這對修莉來說應該也會是很好的經驗。我只擔心她們會不會給艾蕾羅拉大人添麻煩。」

「我才不會給人家添麻煩呢。」

「我也不會。」

修莉鼓起臉頰。

菲娜也否認。

以前那個光是聽到貴族兩個字就會發抖的菲娜真令人懷念。妳們長大了呢。身為大姊姊，我覺得有點寂寞。

「呵呵，我知道妳們兩個都是好孩子。可是，我這個做媽媽的還是會擔心。」

堤露米娜小姐撫摸坐在身旁的修莉的頭。

「可是，這樣會不會太麻煩優奈？」

「菲娜和修莉不會任性，沒問題的。」

「我不會任性喔～」

「我也不會。」

「呵呵，那麼優奈，她們兩個就拜託妳了。」

我順利取得帶菲娜和修莉去王都的許可。我正要回去的時候，堤露米娜小姐邀請我吃晚餐，於是我決定心懷感激地享用堤露米娜小姐親手做的料理。

道別的時候，我跟菲娜和修莉約好明天在我家見面。

270 熊熊討論去王都的方法

隔天，我和提早來到我家的菲娜一起準備午餐，等待諾雅的到來。修莉正在跟小熊化的熊緩與熊急一起玩。

「優奈姊姊，我把盤子排好了。」

「謝謝，接下來麻煩妳泡茶了。」

「修莉，諾雅大人就快來了，不要跟熊緩和熊急玩太久喔。」

「嗯，熊緩、熊急，我們等一下再玩。」

姊妹倆的對話從我身後傳來。

我們準備好午餐的時候，諾雅抵達了。

「妳來啦。」

「我是不是遲到了呢？」

看到菲娜和修莉幫忙準備午餐的樣子，諾雅這麼問道。

「妳很準時。因為她們提早到，我才會請她們幫忙準備午餐。」

「這樣呀，早知道我也提早來了。」

「別放在心上啦。那麼，我們邊吃午餐邊聊吧。」

今天的午餐是米飯料理。我準備了炒飯、湯和沙拉。

大家都坐到位子上後，小熊化的熊緩和熊急到我的旁邊窩著。

「所以，今天是要決定出發的日子吧？」

諾雅吃著炒飯這麼問道。

「是啊。在那之前，我想先問問諾雅和修莉。」

「是。」

「什麼？」

兩人拿著湯匙看著我。

「妳們想跟熊緩和熊急一起出門吧？」

「是的！」

「嗯！」

兩人毫不猶豫地回答。

果然如此。

「一想到整天都可以跟熊緩和熊急在一起，我就覺得好幸福。」

「嗯。」

修莉點頭同意諾雅說的話。

她們倆該不會比真正的姊妹還要意氣相投吧？

我當然知道菲娜也很喜歡熊緩和熊急。我每次召喚出牠們，菲娜就會高興地撫摸牠們。

「一想到又能跟熊緩和熊急一起去王都，我就覺得好高興。」

「我好想快點騎到熊急背上喔。」

兩人已經進入熊熊模式了。

使用傳送門就能瞬間抵達，所以我覺得騎熊急和熊緩去有點浪費時間。我該隱瞞熊熊傳送門的事，騎熊緩和熊急前往王都嗎？

「優奈小姐，妳怎麼了？」

我含著湯匙思考，諾雅這麼問我。

「嗯？我只是在想，要是可以一瞬間抵達王都就好了。」

「一瞬間嗎？如果能辦到那種事，我就能隨時見到母親大人了。」

只要使用熊熊傳送門，妳就能輕鬆前往有艾蕾羅拉小姐在的王都了——我沒能這麼說出口，把話吞了回去。

坦白祕密的時機真難抓。

菲娜那時候是因為我以為她知道才說出口，但到了真的要坦白熊熊的祕密的時候，我才發現實在是難以啟齒。

「如果能辦到那種事，諾雅和修莉會怎麼做？還是想騎熊緩和熊急去王都嗎？」

「我想騎熊急牠們去！」

修莉立刻回答。

「有那種方法是很好，可是我也想和熊緩牠們一起出門。」

修莉選熊熊，諾雅則是一半一半吧？

「可是，為什麼要這麼問呢？」

「作為參考嘍。」

我知道她們倆的意願了。比起使用熊熊傳送門，她們比較偏好跟熊緩和熊急一起旅行。

「優奈姊姊，去程要不要騎熊緩和熊急呢？回程的時候再用那個回來就好。」

菲娜沒有提到熊熊傳送門，這麼提議。

說得也是。

另外兩個人都很期待跟熊緩和熊急一起出門。

既然如此，去程騎熊緩和熊急，回程再使用熊熊傳送門或許不錯。

長途旅行加上校慶，回來的時候應該會很累，到時候再使用傳送門就好。

我贊成菲娜的主意。

「菲娜，妳在說什麼？」

「那個……沒什麼。」

菲娜遵守跟我的約定，沒有說出熊熊傳送門的事。

諾雅也不以為意，繼續吃著炒飯。

「那麼，大家就跟熊緩和熊急一起開心地前往王都吧。」

我們決定預留一些時間，在校慶的前幾天抵達王都。

三個人都開心才是最重要的，畢竟這就是這次的目的。

如果有必要說出熊熊傳送門的事，就像菲娜說的那樣，在回程的時候提就行了。任何事都很講究時機。

吃完備受好評的炒飯之後，我拿出布丁當作甜點。

後來，三個女孩跟小熊化的熊緩與熊急一起玩，直到太陽下山。

玩累的三人最後還抱著熊緩與熊急睡著了。

隔天，我開始準備要帶去校慶的東西。

既然有三個孩子，就會需要一些玩具。

我有黑白棋，但長時間玩那個會很容易膩。所以，我決定準備旅遊時常玩的撲克牌。

有時間的時候，我就會抽空做撲克牌。

K、Q、J的圖案是二頭身的迷你熊。

K的熊戴著王冠，Q的熊像女王，J的熊則拿著劍。當然，連鬼牌也是熊。

為了投孩子們所好，我想在背面畫上迷你熊的圖案，但現在還是白紙的狀態。我再怎麼樣也畫不出五十四張一模一樣的圖案，所以想用印刷的方式。

而且，好不容易完成的撲克牌要是弄破或是弄丟，我辛苦畫的圖就付諸流水了。

為了確認能不能在克里莫尼亞複印畫好的撲克牌圖案，我前往商業公會。

商業公會附近正如克里夫所言，有許多來自其他城市的商人。

為什麼我會知道他們是其他城市的商人呢？

因為克里莫尼亞的商人早就習慣我的身影，看了我一眼就會馬上別開目光。可是，不知道我這號人物的商人一看到我，就會用好奇的眼神盯著我看。

以前商業公會的會長——米蕾奴小姐說過，住在這座城市的商人之中，幾乎沒有人不知道我是誰。

有熊打倒黑蝰蛇的傳聞很有名，熊開店的事情也引發了話題，而且蛋的事情也傳開了。

因此，這座城市的商人不會用異樣眼光看我。會用異樣眼光看我的人必然是來自其他城市的商人。

順帶一提，有件事連這座城市的商人也不知道。因為提到「熊」，大家就知道是我，所以他們好像都不知道我的名字。

真的很失禮。

我走進商業公會，到櫃檯查看。

那裡坐著幾位櫃檯小姐，卻沒有米蕾奴小姐的身影。在這麼忙碌的時候，身為會長的米蕾奴小姐果然也沒空在櫃檯摸魚。櫃檯有幫我處理了蜂蜜事件的莉亞娜小姐在，但她正在服務客人。莉亞娜小姐和我四目相交，我低頭向她打招呼。

每個櫃檯都有幾個商人正在排隊。

嗯～排隊好麻煩，還是明天再來好了。

我這麼想著，正要走出商業公會的時候，莉亞娜小姐叫住了我。

「優奈小姐！」

我回過頭，她剛才服務的客人好像已經辦完事了。可是以順序來說，還沒有輪到我。

「您今天有什麼事呢？」

「我有點事想跟米蕾奴小姐商量。」

我環顧四周，附近有很多人。

「我能見米蕾奴小姐嗎？」

「會長正在處理工作，無法會面。如果您不嫌棄的話，請讓我來服務您。」

「可以嗎？還有其他人在排隊呢。」

「沒關係，我會請別人代勞。」

她說得簡單，但這樣好嗎？

莉亞娜小姐向後方的職員搭話，那個職員就接手了莉亞娜小姐的櫃檯工作。

「那麼，我們換個地方談談吧。」

我被帶往其他的房間。

我覺得自己好像受到特別的禮遇，這樣好嗎？

我這麼發問。

「每個公會都會特別禮遇對公會有所貢獻的人。如果是對城市來說很重要的人，那就更不用說了。要是讓對方久候而因此動怒，那就糟糕了。」

「我不會生氣的。」

「我明白。不過，優奈小姐對商業公會來說就是那麼重要的人。」

「我的地位有那麼高嗎？」

「不只是魔物素材，還有餐廳的營業額、蛋的流通，其中又以密利拉的隧道貢獻最大。多虧如此，商業公會獲得相當大的利益，我們不能讓貢獻良多的優奈小姐久候。」

聽到這番話，讓我覺得自己好像變偉大了。餐廳的事都要歸功於莫琳小姐和安絲，蛋的事情則是多虧孤兒院的孩子們努力工作，還有扶持他們的堤露米娜小姐與其他大人。至於隧道，我就只是挖了個洞而已。整修隧道，裝上光之魔石，讓隧道能夠通行的人是克里夫。

這麼一想，我做的事情就只有取得魔物素材和挖隧道而已，而且這些事也是靠熊熊裝備完成的。

嗯～這樣的我真的可以接受特別的禮遇嗎？

可是，熊熊裝備是我的力量，餐廳也是我出資的，所以就欣然接受吧。

「那麼，請問您想商量什麼事呢？」

「我想知道要去哪裡才能把圖案印刷在紙張上。」

「印刷是嗎？」

「我想做跟這個一樣的東西，要拜託誰才好呢？」

我從熊熊箱裡取出撲克牌。

「這是卡牌遊戲嗎？」

看到熊熊撲克牌，莉亞娜小姐這麼問道。

看來這個世界也有類似卡牌遊戲的東西。

下次或許可以找找看。

「嗯，我想做跟這個一樣的東西，有什麼地方可以做嗎？」

「是，有的。您要把這些卡片交給商業公會，由我們來發出委託嗎？」

那真是幫了我大忙。

我開始說明撲克牌的事。

我說我想在白色的背面印上我另外準備的熊圖案。

「稍微多花一點錢也沒關係，材質請選用不容易破的堅韌紙張。還有，我想要訂做一百組同樣的卡片。」

「一百組嗎！」

「我想應該用不到那麼多，只是懶得在需要的時候重新下訂單。」

考慮到孤兒院的人數，應該會需要十組。而且撲克牌是消耗品，多準備幾組來備用也沒問題。

「我明白了。既然優奈小姐這麼說，我會以這個數量下訂的。」

「大概要花多少時間？我之後要去王都一趟，想要在那之前拿到。」

我把出發的日期告訴莉亞娜小姐。

「我明白了，我會請廠商在那之前做好。」

「拜託妳了。」

「話說回來，這些熊熊圖案真可愛。」

莉亞娜小姐看著我畫的撲克牌。

「如果您有販售這些卡片的計畫，請告訴我們，商業公會很樂意幫助您。」

「如果我有那個打算，就拜託妳了。」

「那麼待卡片完成，我會送到優奈小姐府上。」

順利辦完撲克牌的事，我離開了商業公會。

271 熊熊得知神聖樹的效果

訂做了撲克牌之後過了幾天，我在熊熊屋陪熊緩和熊急玩耍的時候，諾雅家的女僕——菈菈小姐來拜訪了。

「優奈小姐，很抱歉在百忙之中打擾您。」

菈菈小姐低下頭。

「不會啦。那麼，今天有什麼事嗎？諾雅沒有來我這裡耶。」

諾雅偶爾來我家玩的時候，菈菈小姐會來接她。可是，今天諾雅並沒有來。

「不，我今天不是來接諾雅兒大人的。關於您前幾天贈送給克里夫大人的茶葉，我有問題想要請教。」

「啊啊，茶葉啊。他該不會是喝壞肚子了吧？」

菈菈小姐看起來有點難以啟齒，但應該不會有這種事吧？

「不，他並沒有身體不適的問題。克里夫大人一開始也是半信半疑，現在卻喝得津津有味呢。」

看來我猜錯了。

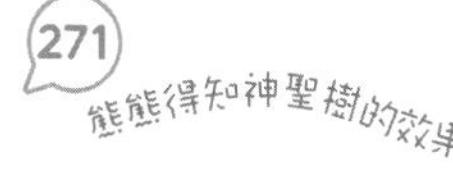

既然如此，她為什麼要露出難以啟齒的表情呢？

「他會覺得茶好喝，一定是因為菈菈小姐泡茶的手藝很好。」

「謝謝您的誇獎。不過，這都是多虧優奈小姐帶來的茶葉品質好。」

「他喜歡真是太好了。所以，克里夫的身體狀況如何？我聽說那是可以消除疲勞的茶。」

我想知道喝了神聖樹茶的克里夫是什麼狀態。

「開始喝優奈小姐帶來的茶葉之後，克里夫大人的身體狀況就漸漸好轉。現在他從早到晚都會喝，工作時很有精神呢。」

「效果那麼好？」

「是的。平常克里夫大人起床後都還是顯得相當疲憊，這幾天卻很快便清醒，還說一整天的工作效率都很好。」

這麼聽來，神聖樹茶的效果有點像是提神飲料。

可是既然能睡得好，或許又跟提神飲料不太一樣吧？

我沒有喝過提神飲料，那雖然可以消除疲勞，卻會讓我聯想到漫畫家趕走睡魔，熬夜畫漫畫的情境。可是，克里夫似乎能好好睡上一覺。

「另外，輔佐克里夫大人而因此同樣疲憊的倫多先生喝了茶以後，也變得很有精神。」

「有效真是太好了。」

這麼一來就能證明神聖樹的茶葉真的有效了。

可是我有白熊裝備，喝它也沒有意義。

「……所以，優奈小姐贈送的茶葉……已經喝完了。我這次就是來問您能不能分我們一些茶葉的。我當然會付錢，能請您分給我們嗎？」

原來菈菈小姐是來要茶葉的啊。就是因為這樣，她才會覺得難以啟齒吧？

不過，茶葉啊……我這裡還有，給他們也沒關係，可是喝太多會不會有問題呢？

如果是像提神飲料那樣，我總覺得喝多了好像不太好。雖然精靈似乎很常喝，我也沒聽說過它會對身體造成什麼不好的影響。

可是種族畢竟不同，我也沒問過他們一天飲用的次數。

該怎麼辦呢？

「我可以分一些給妳，但還是請妳小心別讓他們喝太多。」

「這種茶葉對身體不好嗎？」

菈菈小姐露出不安的表情，所以我趕緊搖搖頭。

「有人喝了好幾年，所以我想應該沒問題，我只是覺得喝多可能不太好而已。」

我想應該沒有副作用。我用熊熊觀察眼看過，上面只寫著消除疲勞和恢復魔力的效果，所以我能斷言它不是危險的東西，不過還是要注意別喝太多。

舉例來說，我知道大量攝取糖或鹽對身體不好。可是，糖或鹽的包裝上不會特別標註警語。酒也一樣，據說喝少量的酒對身體有益處，可是大量飲用就對身體不好了。

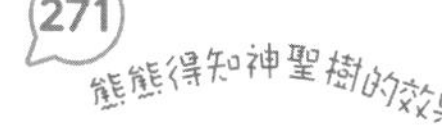

神聖樹的茶葉可能也一樣，任何食物都應該均衡攝取才是最好的。

「不管是什麼東西，適量都很重要。而且真的要消除身體的疲勞就不該靠茶葉的力量，而是要讓身體休息。」

「是，您說得一點也沒錯。」

「如果妳答應一天只泡一次，我就給妳。」

「好的，我保證。我會轉告克里夫大人的。」

我跟菈菈小姐這麼約定，把神聖樹茶葉交給她。

「抱歉說了這麼多次，但要記得適可而止喔。」

「好的，我明白了。」

菈菈小姐低頭鞠躬，然後回到宅邸。

克里夫證實了神聖樹茶葉的效果，可是喝太多可能也不太好。

這種茶最好不要拿去店裡賣。要是有很多得知效果的客人跑來，那就傷腦筋了。

後來，在出發前往王都的日子到來前，我有時候跟熊緩與熊急一起玩，有時候跟菲娜與修莉一起玩，諾雅偶爾也會來玩。

前幾天，我還做了新的棉花糖機，做了棉花糖給孤兒院的孩子們吃。

「優奈姊姊，這朵雲好好吃喔。」

「軟綿綿的。」

「融化就會變得黏黏的，要小心喔。」

「放到嘴巴裡就融化了。」

「好甜好好吃。」

看到孤兒院的孩子們吃得津津有味的樣子，我想這在校慶上賣也會很暢銷。

我過著這樣的日子，今天則靠在普通尺寸的熊緩肚子上午睡。我才睡到一半，熊緩卻伸手叫醒了我。

「再讓我睡一下。」

我抱住熊緩的大手。

就像抱枕一樣。

可是熊緩沒有放棄，用另一隻手叫醒我。

「怎麼了？」

我問熊緩，接著聽到有人在外頭呼喚我的聲音。

「嗯～是誰啊？」

我打了小小的呵欠，離開熊緩的肚子。

我還想再睡一下。

我揉著眼睛往外看，發現是商業公會的莉亞娜小姐來了。

「優奈小姐，我把您訂做的東西送過來了。」

「莉亞娜小姐，謝謝妳。呼啊～～」

我打了個小小的呵欠。

「我是不是吵醒您了呢？」

「不用放在心上啦。我只是沒事做，所以睡了一覺。」

因為閒閒沒事，我召喚熊緩與熊急出來，玩著玩著就想睡了。我就快變成遊手好閒的廢人了。

「那就好。」

「所以，撲克牌真的做好了嗎？」

「是的，就在這裡。」

莉亞娜小姐從道具袋中取出一個小木盒。

我接過木盒，打開蓋子。裡頭裝著撲克牌。

上面確實印著熊的圖案。我從盒子裡拿出撲克牌來確認。

哦，做得不錯嘛。

「您覺得如何呢？」

「嗯，謝謝妳。做得比我想像中還要好。」

我摸了摸，卡片是用偏硬的紙張做成的，這樣一來就不會輕易弄破了。

「能聽到您這麼說，我很高興。」

「莉亞娜小姐，謝謝妳。」

我鄭重道謝。

「不，這是我的工作，請別客氣。」

在家門口說話也不是辦法，所以我邀請莉亞娜小姐進到熊熊屋裡。

「今天的工作沒關係嗎？」

因為密利拉鎮的事，商業公會應該很忙。

所以，我還以為送撲克牌來的人會是廠商或有空的公會職員。

「沒關係，今天我休假。」

「明明休假，妳還特地送東西來給我嗎？」

「因為不能拜託其他人呀。」

看來我好像給她添了不少麻煩。

「不過，既然能進到傳聞中的優奈小姐的家，光是這樣就值得了。」

「傳聞中的……」

「大家都對這棟熊熊造型的房子很有興趣呢。」

「裡面就跟普通的住家一樣喔。」

我從冰箱裡拿出飲料。

人家在休假時特地送東西過來，至少也該招待一杯茶。

我請莉亞娜小姐坐到椅子上，自己則坐在對面的位子。

莉亞娜小姐坐下後，把剩下的撲克牌放到桌上。有一百組，所以數量相當多。

「費用大概是多少？」

「是，這是金額的明細。」

明細上寫著印刷費和紙的費用。

「奇怪，木盒的費用呢？」

我忘記盒子的事了，當初沒有訂購。為了避免卡片散亂，盒子是必要的，這都要感謝莉亞娜小姐的貼心安排。

「盒子是贈品。」

「那怎麼行，我會好好付錢的。」

「雖然要求這種回報有點怪，但能不能請您告訴我，這種卡片要怎麼玩呢？」

「怎麼玩？」

「是的，身為商業公會的一分子，我非常好奇。當然了，我不會告訴別人。」

會對遊戲感到好奇或許很正常吧。

我如果聽說有什麼遊戲，也會對遊戲的玩法感到好奇。

「可以是可以啦，要不要乾脆玩一局？」

「可以嗎？」

「可以啊，反正我今天也沒什麼事。」

就是因為沒事做，我才會抱著熊緩睡覺。

「謝謝您。」

我在桌上留下一個裝著撲克牌的木盒，其他則收進熊熊箱。

我在網路上玩過撲克牌遊戲，上次在現實生活中玩牌則是小學的事了。

我從木盒裡取出撲克牌，把卡片排列到桌上。

「妳也看過了，應該知道總共有五十四張牌。另外，這兩張是特殊牌。」

我把印著火、水、風、土標誌的卡片按照數字順序排列，然後把兩張鬼牌放在旁邊。

「這種卡片有很多不同的玩法，我這次只教最基礎的。」

我把卡片集中起來，開始洗牌。

然後，我把所有卡片都翻到背面。

首先玩配對。

「這是比記憶力的遊戲。玩家輪流翻開卡片，如果翻到同樣的號碼就可以當成自己的牌，最後拿到比較多卡片的人獲勝。」

「原來如此，不只是自己的牌，也要記住對手翻過的卡片呢。」

「順帶一提，如果成功配對，就可以再翻一次。」

我們開始試玩，莉亞娜小姐的記憶力很好，明明是第一次玩就比得不相上下。

「很困難呢。可是，這個遊戲可以訓練孩子的記憶力。」

我接著教她玩排七，這是很簡單的策略遊戲。

「這麼看來，持有『A』或『K』比較不利呢。」

「是啊，這就有點運氣成分了。怎麼讓自己順利出牌就是勝負的關鍵。」

接著是抽鬼牌。這也跟排七一樣，是只有兩個人就不好玩的遊戲，但我還是說明了。

「原來如此，最後拿到這張叫做鬼牌的卡片就輸了呀。」

「關鍵在於不讓別人知道自己手上有沒有鬼牌。」

也就是要擺撲克臉。

不過，這跟玩梭哈不同，表情不是那麼重要，但還是擺一下比較好。

如果是我，還可以用熊熊兜帽遮住臉部，所以不需要。

我最後說明大富豪（大貧民）的遊戲規則。

「這有點困難呢。」

「因為會被隔壁的人和自己的牌影響嘛。」

我只教了前述這些遊戲的規則。

梭哈和二十一點的規則太複雜了，而且會給人在賭博的印象。

「優奈小姐，還有其他遊戲嗎？」

「有啊，可是規則有點複雜。」

「原來如此，這種卡片還有各式各樣的玩法呀。」

「兩個人或更多人都可以玩喔。」

莉亞娜小姐看著撲克牌，開始思考。

「如果要販售這種卡片，另外還需要說明遊戲規則的紙張呢。」

如果要販售，的確需要規則的說明書。

要是不知道怎麼玩，不會有人想買的。

「如果您要販售，請聯絡我們。商業公會很樂意幫忙。」

「到時候就拜託妳了。」

我也不知道將來會如何，於是暫時這麼回答。莉亞娜小姐似乎要回去了。

「那麼，很抱歉打擾您了。」

「我才是，謝謝妳。」

莉亞娜小姐向我道謝後離去。

272 熊熊朝王都出發

今天是出發前往王都的日子。集合地點是我家，集合時間是吃完早餐的時間，而我現在才剛起床。

「呃，大家怎麼這麼早？」

因為我才剛起床，所以還穿著白熊服裝。可是，三個女孩都已經抵達我家了。我還沒有換好衣服，也還沒有吃早餐。我明明沒有睡過頭。

我已經起得比平常早，預定要早點吃早餐了，但她們三人卻都已經到了我家。

「修莉，我就說現在還太早了嘛。」

「可是……」

菲娜責備修莉。

照這個樣子看來，似乎是修莉想要早點來，但我還是希望菲娜可以阻止她。

接著，我轉頭望向另一個提早抵達的人。

「那諾雅呢？」

「還用說嗎？當然是因為我想要盡早見到熊緩和熊急嘍。」

諾雅毫不猶豫地答道。

我想也是。

上次諾雅也在預定時間之前就跑到宅邸門口等了。

我家是集合地點，她果然已經等不及了。

為了菲娜和修莉，我才決定在我家集合，看來當初或許應該選擇在諾雅家集合的。

事到如今，我總不能把她們趕回去。

「好吧，妳們等一下，我去換衣服。」

我回房間換上黑熊服裝。

我知道她們很期待，但實在太早了。

換完衣服後，我開始準備早餐。話雖如此，其實只是拿出莫琳小姐做的麵包和飲料而已。

莫琳小姐的麵包還是一樣好吃。

老實說我比較想吃米飯。但有三個人在等我，所以我選了方便吃的東西。我吃麵包時，三個人盯著我看。

「呃，妳們要吃嗎？」

我這麼問她們。

「嗯，我要吃！」

「可以嗎？」

「要！」

她們來到我家之前應該就吃過了，但肚子似乎還裝得下。

可能是在發育吧。

我從熊熊箱裡拿出麵包給三個人，她們便津津有味地吃了起來。

這樣一來就能慢慢吃早餐了。

吃完早餐的我帶著三人走出熊熊屋。

「我好期待喔。」

諾雅蹦蹦跳跳地走在前方。

「好想快點到王都喔。」

修莉也牽著菲娜的手，高興地這麼說。當然，菲娜的臉上也掛著笑容。看著她們三個人高興的樣子，我也覺得很開心。真得好好感謝邀請我們參加校慶的希雅和艾蕾羅拉小姐。

到了克里莫尼亞城外，我馬上召喚出熊緩與熊急。

一看到熊緩與熊急，諾雅和修莉馬上奔向牠們。菲娜面帶微笑看著她們倆。

「菲娜不過去嗎？」

「我也想過去，可是今天就讓給她們吧。」

菲娜真懂事。她的外表雖然是小孩子，內在卻和大人一樣成熟。

「優奈小姐，快點嘛。」

「姊姊也快點過來呀。」

諾雅和修莉呼喚我跟菲娜。

「那我們走吧。」

「好的。」

我牽起菲娜的手，走向她們兩人。

熊急載菲娜與修莉，我和諾雅則騎熊緩。

修莉高高興興地坐在熊急背上，菲娜則坐在她後方。

我騎上熊緩後，諾雅坐到我後面。

「諾雅，妳不想坐前面嗎？」

「不用了，我要抱著優奈小姐。」

說完，諾雅從後方環抱我。

「諾雅姊姊好賊喔，我也想抱優奈姊姊。」

「呵呵，這是跟優奈小姐一起坐的特權。」

諾雅甚至把臉貼到我的背上。

「諾雅，妳不用抱得這麼用力吧？」

「這是為了防止掉下去。」

看到她這麼做，修莉露出更加羨慕的表情。

為什麼？

修莉不是也常常抱人嗎？

「我會讓妳們輪流換位子的。」

如果我是男生，可能會說「不要為了我吵架」吧？

可是現實中根本沒有人會那麼說吧。

要是有就好笑了。

做好準備的我們朝王都出發。

「好快喔。」

「修莉，不要亂動。」

修莉非常興奮，於是菲娜要她冷靜。

載著我和諾雅的熊緩並行在她們旁邊，我們中途會停下來休息，然後繼續往王都前進。

吃完午餐後，我們交換騎乘熊緩和熊急，重新出發。早上很有精神的三個女孩漸漸安靜了下來。修莉在熊緩身上睡著了，菲娜扶著她，免得她掉下去，諾雅也靠在我身上睡著了。

「修莉昨天晚上太興奮，一直睡不著。可是她早上又很早起，吵著要去優奈姊姊家。」

「諾雅大概也是吧。」

我們繼續前進，沒有吵醒兩人。當然，途中也不能忘了讓熊緩與熊急休息。

一路上都很順利，太陽漸漸下落。

為了紮營，我放慢熊緩和熊急的速度，然後稍微遠離道路。接著，我向稍遠處的岩山後方前進。

「優奈小姐，今天要在這裡過夜嗎？」

不知何時醒來的諾雅這麼問道。

「因為在這裡放房子也不容易被看到。」

我想盡量避免別人看到熊熊屋。

我移動到從路上看不見的岩山後方，跟諾雅一起從熊緩背上爬下來。

「姊姊，怎麼了？」

修莉揉著眼睛這麼問。

「今天要在這裡過夜喔，從熊急身上下來吧。」

「嗯。」

菲娜和修莉也從熊急背上下來。

我從熊熊箱裡取出旅行用的熊熊屋。

「是熊熊的房子！」

修莉驚訝地看著熊熊屋。

經她這麼一說，我才發現修莉好像是第一次看到我從熊熊箱裡拿出熊熊屋。因為看到了熊熊

屋的關係，修莉似乎完全清醒了。

「那麼，我們進去裡面休息吧。」

我把熊緩和熊急變成小熊，帶著三個女孩走進熊熊屋。

修莉在熊熊屋裡左顧右盼。

「我去準備晚餐，妳們三個坐著等吧。」

「我來幫忙。」

「我也要～」

「我也要幫優奈小姐。」

三人自告奮勇。

可是，我並沒有要煮什麼麻煩的料理，只是要從熊熊箱裡拿出做好的菜而已。

「我一個人弄就好了，妳們就跟熊緩和熊急一起休息吧。」

三人跟熊緩和熊急一起移動到放沙發的地方。她們正在休息的時候，我開始準備熱騰騰的餐點。今天的晚餐是白飯和漢堡排搭配味噌湯和沙拉。因為早餐和午餐都是麵包，所以我早就決定晚餐要吃飯了。好不容易取得了米，當然要吃了。

熊熊箱裡裝著剛煮好的飯，漢堡排也已經做好了。因為沒有沙拉，我開始動手做。堤露米娜小姐有交代我要讓菲娜和修莉吃蔬菜，飲食均衡是很重要的。

熊熊箱裡沒有煮好的味噌湯，於是我用白蘿蔔、紅蘿蔔和馬鈴薯煮了味噌湯。她們三個人都在安絲的店裡喝過味噌湯，所以端出這道菜應該沒問題。

做完晚餐後，我把菜端到她們在的地方。

三個女孩都跟熊緩與熊急開心地玩著。一看到我端著料理，菲娜馬上跑過來。

「我來幫忙端菜。」

「謝謝妳。」

「我也要幫忙～」

「我也來幫忙端菜。」

另外兩個人也不認輸，主動幫忙。

「謝謝妳們三個。」

餐點都上桌後，大家開始吃飯。

「好好吃。」

「嗯，好好吃喔。」

「優奈小姐真是什麼都會呢。」

「我才不是什麼都會呢。」

這麼說就太抬舉我了。

「優奈小姐會做這麼美味的料理，又是個厲害的冒險者，還會經營餐廳，我覺得優奈小姐非常厲害。」

「才沒有呢。料理只要肯練習，誰都會做。餐廳也是多虧有莫琳小姐和安絲、堤露米娜小姐，還有在店裡工作的大家才能順利經營，我什麼都沒做。」

我能成為厲害的冒險者，都是因為有玩遊戲時累積的經驗，而且如果沒有熊熊布偶裝，就算有遊戲的經驗，柔弱的我也無法戰鬥。

「這麼說的話，我才真的什麼都不會呢。」

「諾雅，妳才十歲呢，還有成長空間啊。」

而且諾雅是貴族千金，需要的能力跟我不同。她將來不會成為冒險者，也不會成為廚師。我不知道她將來會如何，她或許會協助繼承領地的希雅，也有可能跟其他貴族結婚，前往別的領地。

諾雅的未來才正要開始。

吃完晚餐的我們休息了一陣子，然後所有人一起洗澡。

而且不知道為什麼，諾雅和修莉帶著熊緩和熊急一起來了。

「妳們為什麼要帶熊緩和熊急過來？」

「當然是要一起洗澡了，這是為了感謝牠們載了我們一整天。」

「我要跟熊急一起洗澡～」

要洗澡也可以，但熊緩和熊急只要召回之後再重新召喚，身上的汗垢就會消失，所以就算不洗澡，我也能把牠們變乾淨。

就算如此，阻止她們就太不識相了，所以我沒有阻止。

我有時候也會特地清洗熊緩和熊急的身體，以表達感謝之意。這麼做的話，熊緩和熊急會很高興。

所以，既然她們倆想幫熊緩和熊急洗澡，我決定答應她們。表達感謝之意是很重要的。

「既然這樣，妳們要好好把牠們洗乾淨喔。」

「是！」

「嗯！」

我和菲娜溫柔地看著兩人。

我脫掉熊熊布偶裝。

我望向另外三個人時，菲娜正在叮嚀修莉把脫下來的衣服摺好。修莉乖巧地把脫下來的衣服摺得整整齊齊，放進籃子裡。我看看諾雅，發現她明明是貴族千金，還是會乖乖摺衣服。她們三個人都很乖呢。

我看著她們時，跟諾雅四目相交。

「怎麼了嗎？」

「沒什麼。」

「優奈小姐的表情就跟我做好事的時候，父親大人和母親大人誇獎我的表情很像。」

我明明沒有小孩，竟然還露出了那種看著自己小孩的表情嗎？

「我只是覺得妳們三個都很乖而已。」

脫掉衣服的我們帶著熊緩和熊急走進浴室。我們先清洗自己的身體和頭髮，然後幫熊緩和熊急洗澡。我和諾雅幫熊緩洗澡，菲娜和修莉則幫熊急洗澡。

熊緩和熊急被白色的泡沫包覆。我們最後用熱水把泡沫沖掉，讓牠們變得乾乾淨淨。

「熊急的毛都變得扁扁的了。」

是啊，因為毛都弄溼了嘛。

把熊緩和熊急洗乾淨之後，我們開始泡澡。

啊啊，真舒服。

日本人果然還是要泡澡才行，只淋浴的話好像少了點什麼。

我們悠閒地泡澡，我身旁的菲娜也露出舒服的神情，修莉和諾雅興味盎然地看著會噴出熱水的熊熊石像，熊緩和熊急只讓頭露出水面，臉上掛著舒服的表情。

感覺好放鬆。

用熊熊傳送門移動固然輕鬆，但像這樣跟大家一起旅行也不錯呢。

消除了一天疲勞的我們走出浴室。

「洗得真舒服。」

諾雅把身體擦乾。

「熊急，要好好擦乾身體喔。」

修莉想用毛巾把熊急擦乾。

「在幫熊急擦身體之前，妳要先把自己擦乾才行。」

修莉正要幫熊急擦身體時，菲娜從後面幫修莉擦身體。

真是和平。

我換上白熊服裝，回到客廳。然後，洗完澡的大家一起喝了冰牛奶。

真是冰涼又美味。

後來我用吹風機幫大家把頭髮吹乾，最後把熊緩和熊急也吹乾。

偶爾享受一下這樣的日子也不錯。

273 熊熊玩撲克牌

「那麼大家，該睡覺嘍。」

「好。」

「好。」

「好～」

三人乖乖答道。我覺得自己好像變成帶小朋友出來遠足的老師了。她們三個都很乖，所以沒問題，但可不是所有小孩都這麼乖。想到這裡，我就覺得教師真是一種辛苦的職業。

「妳們三個可以睡同一間房吧？」

「可以。」

「當然可以了。」

「我想妳們應該知道，明天很早就要出發了。不要熬夜，乖乖睡覺喔。」

「是！」

「是！」

「嗯！」

三人乾脆地答道，走向二樓的房間。

我也帶著熊緩和熊急走進自己的房間。

雖然我不累，但明天還要早起，所以我決定上床睡覺。

「熊緩、熊急，如果有危險的東西靠近，要告訴我喔。」

我這麼拜託正要窩上床睡覺的熊緩和熊急。

然後，我也鑽進被窩。我在出發前曬過棉被，睡起來很舒服。很好睡的我馬上就進入了夢鄉。

隔天早上，熊緩和熊急叫我起床。

窗外看起來還很陰暗。平常這個時間我都還在睡覺，但現在該起床了。今天要早早出發，這也沒辦法。我雖然有點睏，還是努力爬起來，打著呵欠下樓。熊緩和熊急也跟在我後面。

一樓一個人也沒有，另外三個人好像還在睡呢。

我開始準備早餐，讓她們一起床就有東西可吃。

我一如往常地準備了麵包、湯和牛奶。一大早沒必要吃得太豐盛。

我準備好的時候，睡眼惺忪的三個女孩來了。

修莉的懷裡抱著熊急的布偶。

「早安，吃完早餐就要出發了喔。」

「優奈姊姊，我們沒有幫忙準備，對不起。」

「只是從道具袋裡拿出來而已，別放在心上。」

三人坐到位子上，開始吃早餐。

吃完早餐的我們朝王都出發。

我們沒有遇到魔物或盜賊，很順利地前進。

沒有意外的話，今天之內應該就能抵達王都了。可是我往天上一看，發現天色不太穩定，但願不會下雨。

可是，天不從人願，我們正在吃午餐的時候開始下雨了。

「優奈姊姊！下雨了！」

「大家別吃飯了，我們快走！」

我們跳上熊緩和熊急，馬上移動。

然後，我找到可以放熊熊屋的地點，從熊熊箱裡取出熊熊屋，趕緊衝進屋裡。

「大家還好吧？」

「是，我還好。」

「只是稍微淋溼了而已。」

「我沒事。」

看來大家都只是稍微淋到雨而已。

熊緩和熊急也沒怎麼淋溼。這都要感謝熊熊屋，它真的很方便。

進到屋內後，我放了洗澡水給大家暖身子，以免感冒。

「還在下雨耶。」

洗完澡的修莉看著窗外。

諾雅也從她的後方望向窗外。

「今天沒辦法繼續前進了呢。」

「不用那麼急著去王都也能趕上校慶的，別擔心。」

只要這場雨不連下一週就沒問題。

所以我決定今天不再前進，暫時休息。

跟熊緩和熊急一起玩的菲娜她們也開始有點無聊了。

因為沒有事情可做，這時候就輪到撲克牌出場了。

我本來是打算晚上再玩的，可是吃完飯，洗完澡後，大家都會乖乖上床睡覺，所以撲克牌一直沒有機會出場。

因此，這是我們第一次玩撲克牌。

「這叫做撲克牌嗎？」

「嗯，是用卡片來玩的遊戲喔。」

我把撲克牌放到桌上。

「是熊熊圖案耶！」

「好可愛。」

諾雅和修莉伸手拿起撲克牌。

「請問這要怎麼玩呢？」

「有很多種規則。」

我開始思考。

我決定先玩考驗記憶力的配對，配對的規則最簡單又好記。

我把規則告訴三個女孩。

「所以是比記憶力呀。」

「我不會輸給大家的。」

「嗚嗚，熊急，我們一起加油吧。」

修莉對小熊化的熊急這麼說。

「修莉，不可以跟熊急一起記喔。」

我不知道熊急的記憶力如何，但要是熊緩和熊急一起參加，我覺得自己應該贏不了。我隱約覺得牠們似乎連蓋著的牌都可以猜中，然後用肉球拍出正確答案。

我把熊急抱離修莉，放在稍遠一點的地方。修莉露出悲傷的表情，但我不能讓熊緩和熊急參加。

座位以逆時針方向算起，依序是我、修莉、菲娜、諾雅。

可是我們開始玩牌後才發現，修莉的記憶力很好，展現了不為人知的一面。

「這張跟這張。」

修莉翻開兩張相同數字的牌。

「還有這張跟這張。」

「啊，那張是……」

看到修莉翻開的牌，諾雅出聲叫道。

修莉翻開的牌數字相同，於是她高興地把牌收到自己手上。諾雅露出沮喪的表情，看來那好像是她盯上的牌。

修莉翻開第三張牌，但這次沒有猜對。可是，她已經玩得很不錯了。

菲娜、諾雅接著翻牌，但翻開的都是初次出現的數字，沒有配對成功。輪到我翻牌的時候，我幸運地翻到剛才出現過的數字，於是成功贏得卡片。

遊戲進行到最後，由我獲得險勝，保住了年長者的名譽。

真是好險，我可不能輸給第一次玩撲克牌的修莉她們。

第二名是修莉，而輸給比自己年幼的她的菲娜和諾雅很不甘心，提議再玩一局。

我們玩了幾局配對之後，接著玩排七。

「是誰手上有水４？」

諾雅交互看著自己手上的牌和桌上的牌，這麼低聲問道。

她剛才一張牌都出不了，只好跳過。

「這樣我就不能出水的３、２、１。」

原來她手上有這些牌啊。可是，這不能說出口耶。

把關鍵的牌留到最後再出就是玩排七的心機。

要是自己說出口，就不會有人出牌了。

……我還以為是這樣。

「啊，我手上有。那我出這張牌好了。」

輪到菲娜的時候，她出了水４。

不對不對，不能這樣出牌啦。

「不行啦，菲娜，妳這樣就不構成比賽了啊。」

「可是，諾雅大人說……」

菲娜一臉抱歉地看著諾雅。

原來貴族和平民一起玩撲克牌會變成這樣。

配對是考驗自己的記憶力。可是，排七是妨礙對手打出想出的數字，想辦法讓自己更有利的遊戲。

如果是玩妨礙別人的遊戲，菲娜就會顧慮諾雅。排七這種遊戲或許不適合菲娜。

可是，這麼玩就不構成比賽了，所以我制止諾雅。

「諾雅，不可以說出自己希望別人出的牌！」

我用熊熊玩偶手套指著諾雅。

「嗚嗚，因為……」

「菲娜也是，比賽就要全力以赴喔。」

「不好意思。」

不管怎麼樣，如果不知道諾雅想要的數字，菲娜也無法順著她的意了。

就這樣，菲娜一開始玩得很拘束，後來也漸漸放開，學會享受比賽的樂趣了。

諾雅也樂在平等的競賽之中。

「呵呵，我出火的熊熊K。這樣就可以接A了。」

諾雅高興地這麼說。

這是追加的規則。如果有K出現，就可以出A。因為多了這項規則，出牌變得更容易了。

緊接在諾雅之後，我也出牌了。

「嗚嗚，我沒有牌可以出。」

「那我要出這張。」

修莉看著自己的卡片喊跳過，菲娜則出了一張牌。諾雅也順利出牌，讓手上的撲克牌愈來愈少。

然後，諾雅出了最後一張牌。

「我贏了！」

諾雅高興地喊道。比賽就是要認真取勝才有樂趣。如果對方放水，就算贏了也沒什麼好開心的。戰勝平等的對手才會帶來最大的喜悅。

我也慢慢開始覺得好玩了。就算贏了初學者也不令人高興，大家變得更厲害，開始懂得運用策略才有趣。

然後，我在途中加入鬼牌，增設特殊規則。這樣一來，比賽就會變得更有趣。

只要相鄰，這張牌就可以放在任何地方。如果有人出了鬼牌，持有原本位置的牌的人就必須出牌。

後來我們又玩了大貧民，開心地度過晚餐前的時光。

我們往外看，發現雨已經停了。

這樣看來，明天應該能順利啟程。

274 熊熊抵達王都

下雨的隔天，我騎著熊緩望向天空。

白雲飄浮在藍天之中，看來今天不必擔心下雨了。

路況也沒有想像中糟糕。可能是我們太熱衷玩撲克牌，沒注意到雨很早就停了。

我們在通往王都的路上順利地前進，過了中午就看見了包圍王都的城牆。

「好大喔。」

修莉目瞪口呆地張著小嘴，看著第一次見到的王都城牆。

也對，第一次見到總是會驚訝。我當初也很驚訝。

「那麼，為了避免別人看到熊緩和熊急引發騷動，接下來要用走的喔。」

看到王都的城牆後，我叫菲娜她們從熊緩和熊急身上下來，開始用走的。我有說明緣由，所以大家都乖乖從熊緩和熊急背上爬了下來。

「熊急、熊緩，謝謝你們。」

修莉撫摸熊急和熊緩，看到她這麼做，菲娜與諾雅也對熊緩和熊急道謝。熊緩和熊急高興地用「咿～」的叫聲回應她們。

最後我也道謝，然後召回熊緩和熊急。

我們走到王都時，雖然人潮不像誕辰當時那麼多，我還是照例吸引了許多好奇的目光。

我好像已經習慣，又好像還沒習慣這種視線。

而且，這次熊（我）身旁還有三個美少女，所以更引人注目了。

這或許就是大家所謂的美（少）女與野獸（熊）。

我和菲娜等人一起走進王都。

問題出在接下來的移動。王都是很遼闊的，路上甚至有馬車行駛。艾蕾羅拉小姐的宅邸距離這裡相當遠，雖然能搭乘共乘馬車移動，但也能選擇用走的參觀王都。我正要問大家意見的時候，諾雅開口了。

「對了，優奈小姐，母親大人的信上有寫到，我們抵達王都之後要先去大門的警衛室。」

「警衛室？」

「是的，母親大人準備了馬車給我們使用。因為她知道我們不能騎熊緩和熊急在王都裡移動。」

那真是太貼心了。可是既然如此，我真希望她早點告訴我。

如果不知道艾蕾羅拉小姐有準備馬車而使用熊熊傳送門的話，那就不妙了。

「那妳知道警衛室在哪裡嗎？」

「是，請跟我來。」

於是我們跟著諾雅前往警衛室。

我們走在通往警衛室的路上，這時，有一名男性走了過來。

「我聽說有個打扮成熊的女孩來了，果然是優奈閣下。」

走過來的人是在國王誕辰和米莎的生日派對幫助過我的藍傑爾先生。

「藍傑爾先生，你好。」

「好久不見了。上次的沙爾巴德家事件，我們受了您不少照顧。」

受到照顧的人是我才對。第一次來王都的時候，他幫我處理過盜賊的事；上次發生貴族那件事時，他也跟艾蕾羅拉小姐一起過來支援，幫了我很多。

光是回想起那個貴族的事，就讓我的心情變差了。

現在想想，我當時或許還揍得不夠狠。菲娜她們都挨打了，我真該百倍奉還的。

「不過，請千萬不要勉強。優奈閣下即使是冒險者，依然是個女孩子。」

我好像很久沒有被當成女孩子看待了，最近大多數人都把我當成一隻熊。

「對了，為什麼藍傑爾先生會在這裡？」

「艾蕾羅拉大人說優奈閣下和諾雅兒大人要來訪，交代我準備好馬車。因此，這幾天我一直在警衛室等待。」

那應該是濫用職權吧？沒關係嗎？

好吧，畢竟是艾蕾羅拉小姐，或許沒關係吧？

話說回來，幸好沒有使用熊熊傳送門。藍傑爾先生差點就要白等好幾天了。

「那個，母親大人好像為難你了，不好意思。」

諾雅為母親的行為道歉。

「不，請別放在心上，這也是我的工作。」

「可是，既然要等我們，跟其他人輪流也可以吧？」

「艾蕾羅拉大人之所以委託我，應該是因為我認識各位的關係。艾蕾羅拉大人應該是認為有熟人在的話，優奈閣下和諾雅兒大人才能安心搭乘馬車。」

的確，比起不認識的人，藍傑爾先生這位熟人的馬車我們會搭得比較安心。

真得感謝艾蕾羅拉小姐的貼心安排。

「那麼，馬車已經準備好了，請往這邊走。」

藍傑爾先生邁出步伐，我們也跟上他的腳步。

「多虧有諾雅的幫忙。」

「諾雅大人，謝謝您。」

「謝謝諾雅姊姊。」

「我什麼都沒有做，這全都要感謝母親大人。」

所有人都對諾雅道謝，但她搖搖頭否認。

「就算如此，我們還是很感謝妳。」

「非常感謝諾雅大人。」

「謝謝。」

大家再度道謝，讓諾雅不知如何是好。

不會在這種時候得意忘形就是諾雅的優點。

我們搭乘藍傑爾先生駕駛的馬車，前往艾蕾羅拉小姐的宅邸。

我們透過馬車的小窗往外看。雖然人潮不如國王誕辰，王都的人果然還是很多。

「哇～」

修莉帶著閃閃發亮的眼神望著外面。

看到修莉這麼開心，我很慶幸自己有帶她來。

「明天要不要在王都觀光？」

「真的嗎！」

聽到我說的話，修莉高興地回過頭來。

「距離校慶還有幾天，我們有很多時間能慢慢逛。」

「說得也是。難得都來到王都了，我來幫大家帶路。修莉有什麼想去的地方嗎？」

諾雅擺出大姊姊的架式，抬頭挺胸地問道。

「我想去城堡！」

修莉提出驚人的要求。

「城堡有點……」

面對修莉的要求，諾雅的臉上浮現困擾的表情。

雖然我這麼說也沒什麼說服力，但城堡是不能隨意進入的。

我的許可證究竟有多少效力？

可以帶熟人進去嗎？

先問問艾蕾羅拉小姐，如果可以的話，去城堡參觀也不錯。

「不行嗎？」

修莉露出有點難過的表情。

「我會試著拜託母親大人，可是城堡是不能隨便進去的。」

諾雅因修莉的要求露出困擾的表情。

「修莉，不可以為難諾雅大人喔。來這裡之前，我們不是約好了嗎？」

來王都之前，修莉答應了許多約定，其中之一就是不可以任性。

「諾雅姊姊，我太任性了，對不起。只要跟大家在一起，我去哪裡都可以。」

可是，菲娜以前也去過城堡，只要我和艾蕾羅拉小姐去拜託，或許可以進入城堡吧？

我有時候會帶料理去，或是贈送繪本或布偶給芙蘿拉公主，而且還有狩獵魔物的人情在，能不能取得修莉等人的城堡參觀許可作為謝禮呢？

晚點再去找艾蕾羅拉小姐商量吧。

雖然還不知道能不能去城堡，菲娜等人還是在馬車上開開心心地討論要去哪裡。

大家交換各種意見的時候，馬車停下來了。我往小窗外一看，發現我們已經抵達艾蕾羅拉小姐的宅邸。

「好大喔。」

走下馬車的修莉仰望著宅邸。

這畢竟是貴族大人的宅邸嘛。

「那麼我就先告辭了，請代我向艾蕾羅拉大人問好。」

「藍傑爾先生，謝謝你。」

我道謝，大家也一起向他道謝。

藍傑爾先生對我們露出笑容，然後駕馬車離去。

我們重新望向宅邸，發現史莉莉娜小姐站在門前。

「諾雅兒大人，我們已恭候多時。優奈大人，這次感謝您護衛諾雅兒大人。菲娜大人還是一樣有精神，真是太好了。那麼，這位可愛的女孩就是修莉大人吧？」

史莉莉娜小姐向諾雅、我、菲娜打招呼，最後看向修莉。修莉握緊菲娜的手。

「來，修莉，跟人家打招呼。」

「……我是修莉。」

她用小小的聲音說出自己的名字。

「我是在這棟宅邸任職的女僕，名叫史莉莉娜。修莉大人，請多多指教。」

史莉莉娜小姐為了緩解修莉的緊張，帶著笑容向她打招呼。她的笑容讓修莉感到放鬆，同樣露出笑容。

「各位一定累了，請進屋裡休息吧。」

我們跟著史莉莉娜小姐走進宅邸。

「史莉莉娜，母親大人和姊姊大人在嗎？」

「夫人還沒有回來，希雅大人應該就快要回來了。」

感覺艾蕾羅拉小姐等一下就會跑回來了。

史莉莉娜小姐帶我們進了一間房間，端出茶和點心。

然後，我們跟史莉莉娜小姐閒話家常時，穿著制服的希雅走了進來。

「我聽說諾雅來了。」

「姊姊大人，好久不見了。」

諾雅站起來打招呼。

「諾雅，還有優奈小姐、菲娜。妳就是菲娜的妹妹修莉嗎？」

「希雅大人，好久不見了。這次很感謝您邀請我們來參觀校慶。」

「感謝您。」

菲娜道謝，修莉就模仿她道謝了。

「是母親大人找妳們來的，別客氣。希望妳們能在校慶上玩得開心。」

「是！」

菲娜高興地回應。

「那麼希雅，校慶準備得還順利嗎？」

「多虧優奈小姐，準備得很順利。」

「多虧優奈小姐？」

什麼都不知道的諾雅歪起頭來。

「優奈小姐替我們提供了校慶的點子。」

「我只是告訴她一種有趣的東西而已。對了，你們學會怎麼做出漂亮的棉花糖了嗎？」

「是，我們每天都練習，已經可以做出漂亮的棉花糖了。只不過，雖然能做出來是很好，卻遇上了吃不完的難題，所以我們會請史莉莉娜等等在宅邸工作的人，或是馬力克斯他們的家人吃。」

棉花糖這種東西，一天可吃不了好幾支。

「多虧如此，大家的技術都變好了。」

「希雅大人要在校慶賣棉花糖嗎？」

「嗯，我覺得在校慶賣這種東西應該會很有趣。」

「製作棉花糖很困難呢，希雅大人真厲害。」

「嗯，做那種糖糖好難喔。」

修莉用手臂畫圈，模仿做棉花糖的動作。

上次在孤兒院做棉花糖的時候，菲娜和修莉也有嘗試做棉花糖。她們也因此知道那做起來有多難。

「那個……妳們從剛才開始就在說什麼呢？什麼是棉花糖？」

大家開心地聊著棉花糖的事時，唯一不知道棉花糖是什麼的諾雅這麼問道。

對了，只有諾雅不知道棉花糖的事。

「棉花糖像雲一樣輕飄飄的，很甜很好吃，是一種神奇的點心喔。」

修莉這麼形容棉花糖。聽到她這麼說，諾雅看向所有人。

「大家都知道叫做棉花糖的點心嗎？」

希雅當然知道，菲娜也點頭。

「這麼說來，只有我不知道嗎？」

的確只有諾雅不知道。

「我該不會被排擠了吧？」

「我們沒有那個意思啦。」

雖然沒有那個意思，卻造成了這種結果。

「可是，只有我不知道吧？」

諾雅露出有點難過的表情。

「呵呵，那我做給妳吃，妳等一下。優奈小姐也來看看我可以做得多漂亮吧。」

說完，希雅搬出棉花糖機，開始做棉花糖。她的技術的確變好了。

然後，諾雅津津有味地吃著希雅做給她的棉花糖。

「真的像雲一樣呢，一放到嘴巴裡就融化了。竟然不告訴我有這麼神奇的點心，菲娜和優奈小姐真是太過分了。」

「對不起。」

「可是，我只有請孤兒院的孩子們吃過一次而已。」

「要是妳當時有邀請我就好了……」

諾雅擺出在鬧彆扭的樣子。

後來，希雅也幫看起來很想吃的菲娜和修莉做了棉花糖，姊妹倆都吃得津津有味，我則是鄭重拒絕了。

「話說回來，這種點心真是不可思議。這麼柔軟，一放進嘴裡就會融化，而且又甜又好吃呢。」

「這個嘛，因為原料是砂糖啊。」

「姊姊大人不吃嗎？」

「我就不用了。老實說，我光是看到就覺得嘴巴裡好甜喔。」

希雅吃太多，身體已經出現排斥反應了。棉花糖只能偶爾吃，不適合一次吃一大堆。

「可是，既然姊姊大人要開店，就表示我們不能一起逛校慶了嗎？」

「別擔心，我們會輪班，到時候就一起逛校慶吧。」

「好的！」

希雅的一番話讓諾雅非常高興。

275 熊熊討論今後的行程

吃過棉花糖以後，諾雅的心情也變好了，跟希雅熱烈地聊著校慶的話題。

我們悠閒地喝著史莉莉娜小姐端來的新泡的茶，這時，艾蕾羅拉小姐走進了房間。

「我回來了。」

「母親大人！」

「諾雅，妳終於來了。優奈，謝謝妳。」

「能跟大家一起旅行，我也很開心。」

「艾蕾羅拉大人，我們來打擾了。」

「打擾了。」

菲娜低頭打招呼，修莉也學她低頭打招呼。

「菲娜和修莉，上次謝謝妳們帶我參觀克里莫尼亞的店。這次我想好好答謝妳們，希望妳們在校慶玩得開心。」

「是，謝謝您。」

「謝謝。」

姊妹倆這麼道謝。

「對了，請問我們要在哪裡過夜呢？優奈姊姊的家嗎？」

菲娜似乎突然想起了這個問題，這麼問我。

這次我們是受艾蕾羅拉小姐邀請，一般來說應該住在艾蕾羅拉小姐的家。

可是，艾蕾羅拉小姐是貴族，住在她家可能會讓菲娜感到不自在。

「住我家也可以喔。」

「哎呀，優奈，妳想搶走我的客人嗎？」

「我不是想搶客人啦。我只是覺得諾雅這麼久沒來了，我們可能會打擾妳們家人團聚。」

「我們才不覺得被打擾呢。」

「就是呀，大家都住下來吧。」

不只艾蕾羅拉小姐，連諾雅也說服我們住下來。雖然克里夫不在，但她們也是難得相聚，這樣好嗎？

「我是想要答謝她們倆才會邀請她們的，所以就住在我家吧。」

菲娜說著「呃……」帶著困擾的表情看著艾蕾羅拉小姐和我，稍微思考了一下再望向修莉。

修莉似乎搞不清楚狀況，疑惑地歪著頭。

「修莉，妳比較想住這棟房子，還是優奈姊姊的家？」

菲娜似乎要交給修莉來選擇。

「這裡有優奈姊姊的家嗎？」

「有喔，跟克里莫尼亞一樣是熊熊造型的房子。」

「我想看！」

哦，熊熊屋獲勝了。

「修莉，住在我的房子也很好喔。我會準備好吃的飯菜給妳吃。」

可是艾蕾羅拉小姐不認輸，這麼拉攏修莉。

「嗯，我想住這裡。」

聽到修莉這麼說，艾蕾羅拉小姐露出得意的表情。

菲娜的表情變得很難過。我最好幫她說句話。

「既然這樣，妳就要跟熊緩和熊急說再見了喔。」

「熊急！熊緩！」

修莉的反應很大。

「優奈，搬出熊緩和熊急太卑鄙了。」

是艾蕾羅拉小姐先用食物引誘她的耶。

「菲娜好像不習慣住在這麼大的宅邸，讓她們輪流住在我家和艾蕾羅拉小姐的家怎麼樣？」

對於我的提議，艾蕾羅拉小姐陷入沉思。

「沒辦法了，就這麼辦吧。」

我和艾蕾羅拉小姐握手言和。

現在問好像有點晚，不過我們到底在吵什麼？但菲娜露出鬆了一口氣的表情，這樣或許也好吧。

「對了，母親大人，我有一個請求。」

「什麼請求？」

「我想帶菲娜她們去城堡參觀，請問母親大人可以想想辦法嗎？」

「城堡？」

「修莉說她想看看城堡，可以的話，我也想讓她看看。」

諾雅戰戰兢兢地這麼拜託。

「既然這樣，我來帶妳們去吧。」

「真的嗎！」

「嗯，而且有優奈在，就算沒有我的許可也能進入城堡。」

「優奈小姐嗎？」

艾蕾羅拉小姐的一句話讓所有人都轉過頭來看我。

「哎呀，妳們不知道嗎？優奈有城堡的通行證，隨時都能進入城堡喔。」

「我的通行證不是只對我有效嗎？」

一般來說應該不能帶陌生人進去吧？

「沒問題的。雖然不能帶幾十個人進去，但只有三個人的話不會有問題。不過，萬一發生了什麼事，當然是優奈要負責了。」

「可以嗎？」

也對，畢竟是我帶進去的人，同行者要是做了什麼事，當然是我該負責。

「既然跟我同行就能進去，明天就大家一起去城堡吧。」

「妳們三個都不會惹麻煩吧？」

我這麼一說，菲娜就一臉不安地看著妹妹修莉。

「妳絕對不可以離開我身邊，也不可以隨便亂跑喔，可以答應我嗎？」

「可以～」

這個嘛，只要一直牽著修莉的手就行了。牽著她的話，她就不能隨便亂跑了。

「如果妳們擔心，我也可以一起去。」

「艾蕾羅拉小姐不用工作嗎？」

「稍微離開一下，沒關係的。反正還有優秀的國王陛下在嘛。」

雖然不知道這麼做是否妥當，但畢竟也擔心會有貴族來騷擾，所以還是拜託艾蕾羅拉小姐跟我們同行。

「那麼，今晚就來舉辦歡迎會吧。」

接著，我們享用晚餐，今天就這麼在艾蕾羅拉小姐的家住了下來。

隔天早上，吃完早餐的我們站在屋外。

「我也好想一起去喔。」

穿著制服的希雅用羨慕的眼神看著我們。

「妳還要上學吧，去學校好好念書。而且，不是還要準備校慶嗎？」

是啊，學生的本分就是念書，必須專心在課業上。不過她應該不想被我這種宅在家裡不上學的人這麼說吧。

「那麼，我要去上學了。諾雅，不可以給優奈小姐添麻煩喔。」

希雅撫摸諾雅的頭，然後往學校走去。

「好了，我們也出發吧。」

「好～」

修莉很有精神地回應。

抵達城堡後，修莉用滿面的笑容仰望城堡。

「好大喔。」

「不可以在裡面大吵大鬧喔。」

「嗯。」

為了避免修莉亂跑，菲娜緊緊牽著她的手。

「那麼，大家進去裡面吧。」

艾蕾羅拉小姐帶領大家前進，今天的帶隊老師是艾蕾羅拉小姐。靠近了城堡大門後，士兵看向我們。

「艾蕾羅拉小姐，還有熊閣下。」

熊閣下？

我這才想起來，我沒有提過自己的名字。

可是就算如此，竟然叫我熊閣下……

「這些孩子是我的熟人，我們要進去了。」

「是，請進。」

士兵挺直背脊，讓路給我們。

不愧是艾蕾羅拉小姐。

「艾蕾羅拉大人真厲害！」

「是嗎？」

艾蕾羅拉小姐得到修莉的讚美，露出高興的表情。

「啊，對了，她來這裡的事不必轉告國王陛下。」

艾蕾羅拉小姐看著我，對士兵下指示。

「可是……」

士兵看著我。

大概是國王交代他，我一來就要馬上報告吧。可是艾蕾羅拉小姐阻止了他，讓他很困擾。

這就像是基層員工接到兩個上司不同的指令，所以不知道該怎麼辦的狀況吧。

「沒關係，這次我們的目的是參觀城堡。就算發生了什麼事，我也會負責的。」

「我明白了。」

士兵似乎決定遵照艾蕾羅拉小姐的指示。

這一次，艾蕾羅拉小姐是對的。就算把我來了的事報告給國王知道，我也沒有要去芙蘿拉公主的房間，所以國王去芙蘿拉公主的房間也找不到我。

而且如果國王對芙蘿拉公主說「熊熊好像來了」，讓芙蘿拉公主有所期待，那就太可憐了。

這樣的話，一開始就不知道還比較好。

276 熊熊在不知不覺間讓人不幸

順利進入城堡的我們在艾蕾羅拉小姐的帶領之下參觀著城堡內部。

我們通過漂亮的迴廊，在城堡內散步。這對我來說是熟悉的景象，而第一次見到的修莉用閃閃發亮的眼神到處看著，很久沒有來城堡的菲娜似乎很緊張。

艾蕾羅拉小姐走的路線跟我們上次參觀時相同。這條路已經變成參觀路線了嗎？

也對，應該有些地方是一般人不能進入或看到的，也許有固定的參觀路線吧。

我們參觀了各式各樣的地方後，來到士兵和騎士進行訓練的廣場。

我就是在這裡初次遇見芙蘿拉公主的。

當時突然有個小女孩抱住我，讓我嚇了一跳，而且她還是公主，讓我更驚訝了。真是令人懷念的回憶。

我們往廣場望去，那裡和上次一樣有騎士和士兵正在進行訓練。劍與劍互相撞擊，發出響亮的聲音。雖然練劍的景象也不錯，但我個人更想看看魔法師的訓練過程。我很好奇城堡御用魔法師的實力。

「今天好像是第三騎士團的訓練呢。」

艾蕾羅拉小姐看著騎士們進行訓練的模樣，這麼低語。然後，她揚起眉尾，露出有點不高興的表情。

「孩子們，我們去其他地方吧。」

我們還沒有看多久，她就這麼說道。也對，這種景象或許不適合給小孩子看。

「這位不是艾蕾羅拉閣下嗎？」

我們正要離開現場的時候，有個約四十歲的蓄鬍男子笑著這麼上前搭話。看到他的瞬間，那張不懷好意的臉讓我產生了排斥反應。我不想跟他眼神交會，於是把熊熊兜帽往下拉，讓菲娜與修莉退到我後面。諾雅已經被艾蕾羅拉小姐藏到自己身後了。

「路圖姆……」

艾蕾羅拉小姐看到這個男人，小聲說出他的名字。艾蕾羅拉小姐露出非常苦澀的表情。

「那就是傳聞中的熊和艾蕾羅拉閣下的千金嗎？」

他看著我和躲在艾蕾羅拉小姐後面的諾雅。

「我女兒會怕，可以請你不要看她嗎？」

「那真是失禮了。她跟姊姊長得很像，真是個可愛的女孩呢。」

「是呀，因為她們兩個人都很像我。」

艾蕾羅拉小姐帶著笑容回應男人。

「對了，艾蕾羅拉閣下是來參觀的嗎？」

「是呀，不過為了避免打擾你們訓練，我們正要離開，希望你別介意。」

「請別顧慮，盡情參觀吧。有艾蕾羅拉閣下在一旁看著，騎士們也會比較認真訓練。」

「我很感謝你的心意，但我們還要去參觀其他地方，所以失陪了。孩子們，我們走吧。」

我們默默地跟上邁出步伐的艾蕾羅拉小姐。我回頭看向男人，發現他正瞪著艾蕾羅拉小姐。

「母親大人，那樣沒關係嗎？」

「諾雅，妳不用在意。我不會讓他碰妳一根寒毛的。」

艾蕾羅拉小姐把手放到諾雅頭上，溫柔地微笑。

對方好像也知道我這號人物，眼神很噁心。我很在意，但現在發問應該也得不到答案。畢竟菲娜她們也在，可以不要扯上關係是最好的。

然後，或許是為了轉換心情，艾蕾羅拉小姐帶我們來到庭園。

「哇～有好多花喔。」

「好漂亮。」

「我們在這裡休息一下吧。」

「菲娜、修莉，我們去那裡看看吧。」

「小心不要跑到跌倒了。」

「好～」

諾雅牽起兩人的手，帶她們前往庭園深處。

留下的我和艾蕾羅拉小姐慢慢往庭園中央走去。

「她們三個都玩得好開心喔。」

艾蕾羅拉小姐看著感情融洽的三個女孩，面帶微笑。

「艾蕾羅拉小姐，剛才的男人是誰？他對妳的態度好差。」

三個孩子不在身邊，所以我試著問道。

如果對方是會傷害她們的人，那就是我的敵人。

「他很討厭我。」

我看得出來。

道別的時候，他用凶狠的眼神瞪著艾蕾羅拉小姐。

「貴族果然也有派系之分嗎？」

那是我不了解的世界。我既不是社會人士，也沒有去上學，一直都活在跟那些事情無緣的世界。我只知道漫畫或小說裡會出現的知識。

「派系當然也有關係，但與其說他討厭我，不如說他恨我吧？」

該不會是因為艾蕾羅拉小姐刁難別人，或是偷懶不工作，所以才會招人怨恨吧？

這是最有可能的原因。

「我想大概不是妳想的那樣。」

「我什麼都沒有想喔。」

請不要隨意讀心好嗎？

「他——路圖姆・羅蘭多伯爵之所以恨我，原因在於克里夫。」

「克里夫？」

「那是一陣子前的事了。在克里夫那裡工作的人做了相當嚴重的壞事，克里夫因此震怒，處死了那個人，被處死的那個人就是他的親戚。雖然對外發表的死因是被盜賊殺死，我還是因此遭他怨恨。」

我無法想像克里夫殺人的樣子。可是，既然克里夫會殺人，就表示對方一定做了非常可惡的事。不過，自己的親戚被殺死，會懷恨在心或許也是情有可原吧。雖然我覺得這不構成怨恨艾蕾羅拉小姐的理由。

「順帶一提，優奈，妳也跟他有關係。」

「我嗎？」

我很少跟貴族扯上關係，不記得自己做過什麼招人怨恨的事。

我認識的貴族大概只有克里夫和葛蘭先生而已。

「優奈，妳還記得沙爾巴德家的事嗎？」

沙爾巴德家——我不想想起來，但確實有叫這個名字的貴族呢。綁架米莎的笨蛋貴族。

「沙爾巴德家的遠親就是羅蘭多家。」

「所以當時那個兒子……」

「沒錯，羅蘭多家收養了他。」

「這麼說來，對方也知道我的事嗎？」

「嗯……那就要看賈袞德的兒子蘭道爾了。被羅蘭多家收養之前，國王陛下曾命令他不得洩漏這次的事，所以不論是自己人或其他人，他都不能說出去。如果他說出去的事曝光了，就必須接受懲罰。所以，我想賈袞德的兒子應該不會對任何人說出妳的事。而且收養賈袞德的兒子時，羅蘭多家也把他送到了自己的領地。」

我不知道是哪裡的領地，但這樣應該就可以安心了吧？

「只不過，雖說是遠親，沙爾巴德家的廢黜還是有佛許羅賽家參與其中，所以我們就受到更深的怨恨了。」

艾蕾羅拉小姐輕輕嘆了一口氣。

「我好像給你們添麻煩了。」

「優奈，這不是妳的錯，我很感謝妳救了米莎。而且多虧如此，我們才能擊垮沙爾巴德家。這麼思考的話，遭他怨恨只是小事一樁，反正他本來就很討厭我們了。」

既然跟那件事有關，我可以理解對方為何會怨恨艾蕾羅拉小姐，雖然有一半是我的責任。我好像給艾蕾羅拉小姐添麻煩了。

「光是如此確實無可奈何，但他還有其他怨恨我們的理由。優奈，妳還記得自己在國王誕辰時狩獵魔物的事嗎？」

「嗯，我還記得。」

我並沒有忘記自己打倒了一萬隻魔物的事。當時打倒的一部分魔物還裝在熊熊箱裡。

「那個時候，路圖姆想要立功，於是他早所有人一步，派兵去狩獵魔物。」

艾蕾羅拉小姐看著我。我知道她想說什麼。

所有魔物都被我打倒了。

「沒能立功的路圖姆非常生氣，於是不斷向國王陛下追問打倒魔物的冒險者是誰，但國王陛下只說對方是A級的冒險者，除此之外什麼都沒有透露。」

看來國王有確實遵守約定，我可得好好感謝他才行。

我下次不該對他那麼冷漠，應該帶些好吃的東西給他。

「可是他也發現打倒魔物的冒險者跟克里夫有關係，因為他知道克里夫有和冒險者公會的莎妮亞見面。」

「我當時也在場耶。」

「因為優奈，妳當時是D級吧，根本沒有人會認為是妳打倒的。而且路圖姆從國王陛下那裡聽說對方是A級冒險者，所以完全沒想到會是D級冒險者的功勞。況且，誰也不認為打倒魔物的人會是這種打扮成可愛熊熊的女孩子。」

一般來說的確不會認為D級冒險者能一個人打倒一萬隻魔物，更不用說是打扮成熊的女孩子了。

「而且運氣更差的是，他最近經商失敗了。礦山有魔物出現，採不到鐵礦的時候，聽說他收購了大量的鐵，好像是想靠著賣鐵大賺一筆。可是在他把鐵轉賣出去之前，就有人解決了礦山的事件，鐵礦的供應又恢復了，使得他虧了不少錢。」

艾蕾羅拉小姐對我露出笑容。

她說的是魔偶事件吧。可是，那應該不是我的錯吧？我只是接下了冒險者公會的委託才打倒魔偶而已。而且，表面上打倒魔偶的人是傑德先生等人和笨蛋戰隊那支冒險者隊伍。嗯，幸好沒有當成是我打倒的。雖然就算我說是我打倒的，也沒有人會相信就是了。

話說回來，除了克里夫處死他的親戚以外的事，全部都跟我有關。唯一的救贖是對方不知道我跟這些事有關。

「呵呵，可是優奈，妳不用放在心上，這都要怪那個笨蛋想賺黑心錢，他活該。聽說這件事的時候，我久違地笑了呢。」

艾蕾羅拉小姐的臉上浮現笑容。

「他應該不會想到妳跟這些事有關，但他應該把妳當成跟我們有關的人了。如果那個男人來騷擾妳，記得跟我說一聲，我和國王陛下都會幫助妳的。」

我出入過城堡好幾次，但從來沒有被騷擾過，我不覺得今後會發生什麼事。不過，難得有快樂的校慶，為了菲娜、修莉和諾雅，我會留意的。

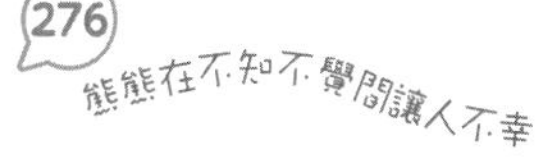

277 熊熊被熊熊圍繞

我一邊跟艾蕾羅拉小姐聊天，一邊走向庭園中央。城堡的庭園中央有桌椅，能供人坐著欣賞四周的花卉。這裡還有屋頂，很適合休息。

我們經過轉角後，看到了目的地，也看到了先走一步的菲娜等人的身影。可是，那裡不只有菲娜她們，還有芙蘿拉公主和王妃殿下以及安裘小姐的身影。

不只如此，從我這裡就能看到桌上有兩組熊緩和熊急的布偶被融洽地並排在一起。熊緩布偶放在芙蘿拉公主與菲娜面前，熊急布偶放在修莉與諾雅面前。

嗯～我實在不懂為何會演變成這種狀況。

「哎呀，優奈。」

王妃殿下注意到從正面走過來的我們，對她的聲音有反應的芙蘿拉公主轉頭便看到了我。

「熊熊！」

芙蘿拉公主跑過來，投入我的懷抱。

「妳好啊。」

我先向芙蘿拉公主打招呼，然後向王妃殿下與安裘小姐打招呼。

「凱媞雅大人和芙蘿拉大人都在這裡嗎？」

「是呀，我和芙蘿拉一起在這裡喝茶。後來這些孩子來到這裡，我就邀請她們一起喝茶了。」

菲娜等人的面前放著安裘小姐泡的茶。

「菲娜，這是什麼情況？」

我靠近菲娜，小聲這麼問道。

「我們邊走邊賞花，在這裡遇到了王妃殿下和芙蘿拉大人。修莉發現芙蘿拉大人帶著熊緩布偶，就跑過去打招呼了。」

修莉看到熊緩布偶便跑向對方的景象浮現在我的眼前。

「修莉突然喊著『熊緩』跑過來的時候，我嚇了一跳呢。」

聽到我們小聲說話，王妃殿下露出笑容。她好像偷聽了我們的對話。

不過，幸好芙蘿拉公主和王妃殿下都是好人。如果是性格惡劣的王室成員，我們搞不好會被處刑。就我所知的奇幻世界，平民不可以靠近王室成員，這種情況之下甚至必須下跪道歉，希望修莉可以再小心一點。

只不過如果王室成員的性格那麼惡劣，我根本不會出入城堡，也不會帶菲娜等人過來。當然，也不會送布偶給對方。

「經過自我介紹，我才知道她們是跟著艾蕾羅拉和優奈來到城堡的，所以就邀請她們一起喝

茶了。而且我見過諾雅兒幾次，早就認識她了。」

「是的。」

諾雅緊張地回應。就算是身為貴族的諾雅，遇到王妃殿下似乎還是會緊張。也對，即使是貴族也無法輕易見到王室成員。況且諾雅住在克里莫尼亞，能見到王室成員的機會就更少了。這麼一想，每次來到城堡就會見到王室成員的我實在太離譜了。

「不過，她們三個人都有和芙蘿拉一樣的熊布偶，讓我很驚訝呢。」

據王妃殿下所說，芙蘿拉公主一開始似乎對修莉的出現感到有些不安。可是，修莉一提起熊緩和熊急的名字，她不安的表情就消失了。修莉還說「我也有喔」，並請菲娜拿出熊急的布偶。她們提起我的事，芙蘿拉公主才放鬆了戒心。

用熊熊布偶連結起王室與平民，一般來想簡直就是笑話，可是熊熊布偶現在真的成了王室和平民的橋梁。

「熊熊，有好多熊熊喔。」

芙蘿拉公主高興地看著布偶。桌上放著我送給菲娜和修莉的布偶。菲娜帶著熊緩的布偶，修莉帶著熊急的布偶。

「話說回來，諾雅和菲娜都把布偶帶來了嗎？」

「是的，身為熊熊粉絲俱樂部的會長，這是當然的。」

嗯～我好像聽到奇怪的詞，應該是我聽錯了吧？繼續問下去好像會讓我受到打擊，於是我決定充耳不聞。

「看到這麼多的熊熊布偶擺在一起，感覺好像來到了一個神奇的國度呢。我要不要也從房間裡拿來呢？」

連王妃殿下都這麼說。

要是她那麼做，我的心可能會受到打擊，希望她別這樣。

「真的有好多熊喔。優奈，機會難得，要不要請本尊出來呢？」

「本尊？」

我知道這話是什麼意思，但這樣可能會引發騷動耶。

「熊熊！」

芙蘿拉公主露出充滿期待的表情。看到這種表情，我就不忍心拒絕了。

「只能一下下喔。」

「嗯！」

我果然太寵她了嗎？

我把小熊化的熊緩與熊急召喚到桌子上。

「熊緩！」

「熊急！」

芙蘿拉公主和修莉高興地看著坐在我面前的熊急與熊緩。

桌上的熊增加到六隻了。應該沒有人說是七隻吧？我可不包含在裡面。

「那麼為了避免大家爭吵，我就暫時保管這隻吧。」

不知不覺間站到我旁邊的王妃殿下抱起熊急。

「既然這樣，我就借一下熊緩好了。」

說完，王妃殿下對面的艾蕾羅拉小姐抱住熊緩。

「母親大人！」

「母親大人！」

芙蘿拉公主和諾雅大叫，但王妃殿下和艾蕾羅拉小姐各自抱著熊急和熊緩，回到了自己的座位。難道這就是她們叫我召喚的目的？

我重新一看，狀況變得很奇怪。現場總共有六隻熊。我要一再強調，請不要吐槽是七隻熊。

除了我和站著的安裘小姐之外，所有人的懷裡都抱著熊。

「大家都有熊呢。」

「我可沒有喔。」

我姑且否認。

「優奈，妳本來就是熊吧。」

我想也是。我一開始就知道了。不管我怎麼否認，大家都把我當作一隻熊。

「呵呵，話說回來，變成一場奇怪的聚會了呢。這個樣子，福爾就不能參加了。」

王妃殿下露出笑容。

順帶一提，她說的福爾似乎是指福爾歐特國王。也對，只有女生在的地方可能會讓國王覺得格格不入，不想過來。況且，小孩子的比例很高。

我也擔心修莉會不會對國王做些什麼，所以他還是不要在比較好。

「可是，既然優奈在這裡，福爾可能跑去芙蘿拉的房間了吧？」

「需要屬下去迎接嗎？」

安裘小姐主動這麼說。

「不用了，我今天請士兵不要去叫他，所以國王陛下不知道優奈來訪的事。今天我只是帶這些孩子來參觀城堡而已。」

「是嗎？這麼說來，今天沒有好吃的食物嗎？」

王妃殿下露出遺憾的表情。

這對夫妻該不會以為我每次都會帶食物過來吧？

雖然這也要怪我每次都帶食物來，但我是為了芙蘿拉公主才會帶伴手禮，不是為了國王陛下和王妃殿下。

「優奈，要不要拿棉花糖出來？」

看到有些遺憾的王妃殿下，艾蕾羅拉小姐這麼說道。

「棉花糖嗎？」

「哎呀，那是什麼？」

「是像雲一樣的點心喔。」

玩著布偶的修莉回答。

「雲？」

修莉說的話讓芙蘿拉公主歪起頭。

「雲是指天上的雲嗎？」

王妃殿下望向天空。天上飄浮著白色的雲朵。

「母親大人，雲可以吃嗎？」

「這個嘛，白白的雲或許很好吃吧。」

王妃殿下帶著笑容對女兒說了大錯特錯的話。

該不會是因為這個世界的人不了解雲，所以才會以為它可以拿來吃吧？

王妃殿下應該只是跟女兒開玩笑，不是認真的吧？可是，這樣教小孩不太好，所以我決定教她們正確的知識。

「芙蘿拉公主，雲是不能吃的喔。只不過，有一種點心長得跟雲很像。」

我從熊熊箱裡取出棉花糖機，把粗砂糖倒進中央後按下開關。中央的鐵製部分開始發熱，並且高速迴轉。中央的無數小洞噴出白色的絲線。

「有東西跑出來了。」

芙蘿拉公主往桌面傾身，注視著從中央噴出的棉花糖。我拿出棒子，準備纏繞棉花糖。

「優奈姊姊，可以讓我做嗎？」

我正要用棒子纏繞棉花糖的時候，修莉這麼說道。

「可以啊，可是妳要好好做喔。」

我遞出棒子，修莉便開始做棉花糖。看到她這麼做的菲娜好像想說些什麼，卻沒有出聲。

修莉不斷用棒子畫圈，白色絲線便纏繞到棒子上，體積愈來愈大。修莉明明只在孤兒院做過，技術卻很好。她或許有這方面的才能吧？

只不過，就算她說將來想成為棉花糖師傅，我也不會贊成的。

「好厲害，是雲耶。」

「哎呀，真的呢。就像雲一樣輕盈。」

棉花糖變得愈來愈大。芙蘿拉公主高興地看著變大的棉花糖。因為大家都很高興，所以修莉把棉花糖愈做愈大。

「修莉，停！夠了，夠了。」

我大叫，修莉才慌慌張張地停下來。可是為時已晚，她做了一支特大號棉花糖。

不過，棉花糖還是完成了。

「公主殿下，很好吃喔。」

修莉遞出棉花糖，芙蘿拉公主便用小小的手接過特大號棉花糖。我很擔心她會弄掉。

「這要怎麼吃？」

「呃，請用手撕成小塊來吃。」

總不能叫公主殿下直接用嘴巴咬，所以我教她撕著吃。

「還有，摸過的手會變得黏黏的，所以最好先放開布偶喔。」

我這麼說，安裘小姐便將芙蘿拉公主腿上的熊緩布偶移動到桌上。不愧是安裘小姐，動作好快。

芙蘿拉公主用小小的手撕了一塊棉花糖，放進嘴裡。

「好甜喔。」

吃了棉花糖的芙蘿拉公主露出滿臉笑容。

「哎呀，真的嗎？修莉，妳也可以幫我做一份嗎？」

「嗯！」

修莉點點頭，開始做另一支棉花糖。這次她做了正常的尺寸。於是，王妃殿下也吃得津津有味。

然後，因為芙蘿拉公主一個人吃不完特大號棉花糖，所以修莉也跟她一起吃。感情真好，這也是布偶的功勞嗎？

「對了，我們過來之前，大家在聊什麼？」

艾蕾羅拉小姐這麼問坐在身旁的諾雅。

「我們正在聊關於優奈小姐的事，我還問了母親大人有沒有添什麼麻煩。」

「真是沒禮貌，我都有好好工作呢。」

我覺得有在工作跟添麻煩是兩回事，但在艾蕾羅拉小姐心中可能都一樣吧？

不過，沒有工作就會給人家添麻煩，所以她說的或許沒錯。聽到這種發言，我就忍不住覺得艾蕾羅拉小姐一定有給克里夫和國王添麻煩。

「呵呵，沒關係啦。反正辛苦的是福爾嘛。」

「凱媞雅大人，您這麼說，聽起來好像是我給國王陛下添了麻煩呢。」

「妳覺得沒有嗎？」

「這……」

「母親大人……」

諾雅半瞇著眼看著艾蕾羅拉小姐。

「我有好好工作啦。要是偷懶，我早就被趕回克里莫尼亞了。」

的確如此。如果她只會礙事，應該已經被請回克里莫尼亞了。

「不過，如果能回到克里莫尼亞，那好像也不錯呢。」

「母親大人這麼說，姊姊大人會生氣的。」

「諾雅不希望我回家嗎？」

艾蕾羅拉小姐露出有點寂寞的表情。

「雖然見不到母親大人是很寂寞，但要是姊姊大人和母親大人回到克里莫尼亞的話，我就讀王都的學校時就要變成孤單一個人了。」

諾雅有點害臊地回答。

「也對，下次我們兩個人一起生活吧。」

艾蕾羅拉小姐高興地抱緊諾雅。

「呵呵。對了，艾蕾羅拉今天是帶親愛的女兒來城堡參觀的嗎？」

「可愛的女兒拜託我帶朋友來參觀，我當然不忍心拒絕了。」

艾蕾羅拉小姐更用力地抱緊諾雅。

諾雅一臉害臊地掙扎，艾蕾羅拉小姐卻不放過她。

被夾在艾蕾羅拉小姐和諾雅之間的熊緩好像很痛苦。熊緩快要喘不過氣了，請不要抱得太用力。

「對了，孩子們怎麼會來王都？應該不是特地來參觀城堡的吧？」

「我女兒希雅邀請她們來參觀校慶。」

「校慶？我女兒也有提到這件事呢。」

王妃殿下這麼說道。

女兒？芙蘿拉公主嗎？

芙蘿拉公主也想去校慶嗎？

後來，我們邊賞花邊聊天，芙蘿拉公主和修莉就抱著布偶睡著了。參觀城堡的行程就此結束。

補充：我從王妃殿下和艾蕾羅拉小姐手中搶回了熊急和熊緩。

278 熊熊玩弄諾雅的頭髮

校慶前幾天，我帶著菲娜等人遊覽王都、去拜訪莎妮亞小姐和加札爾先生、打掃王都的熊熊屋、在艾蕾羅拉小姐家的庭院跟熊緩和熊急一起玩。

然後，到了校慶當天。

「那麼，我要先去學校準備了，大家要準時來喔。諾雅，記得在學校的入口等我。我去接妳們之前，千萬不可以隨便亂跑喔。」

「姊姊大人，不用說那麼多次我也知道。」

「對了，妳帶錢了嗎？要是忘了帶就什麼都不能買了。」

「母親大人已經給我零用錢了，沒問題的。」

順帶一提，拿到零用錢的人不只有諾雅，菲娜和修莉也有。菲娜一開始婉拒了，卻還是講不過艾蕾羅拉小姐，只好收下零用錢。

艾蕾羅拉小姐甚至想拿錢給我，但我已經收下諾雅等人的護衛費，所以鄭重拒絕了。

「還有，就算有男生來搭訕，妳也不可以跟人家走喔。」

「我才不會！」

「而且，就算人家說要買東西給妳吃也不能跟過去喔。」

「我才不會跟別人走！」

希雅不斷複述校慶的注意事項。

「還有，還有……」

希雅一邊原地踏步，一邊思考。

「姊姊大人，我們沒問題的，請快點去學校吧。」

諾雅這麼斥責一直不去學校的姊姊。

「嗚嗚，好吧。那麼優奈小姐，諾雅就拜託妳了。」

「嗯，希雅，妳也要加油喔。」

「那麼，我要出門了！」

希雅揚起裙襬，衝出房門。

「姊姊大人真是的，我又不是小孩子了。」

「不，妳明明就是小孩子。」

我姑且吐槽這一點。

希雅一離開，屋內就安靜了下來。

我們還有一段時間才要出門。

「啊，對了。諾雅，妳坐在這張椅子上。」

「有什麼事嗎？」

諾雅乖乖走向我，坐在椅子上。我站到諾雅身後，從熊熊箱裡取出梳子，開始梳理諾雅的金色長髮。

「怎、怎麼了？」

我突然開始幫諾雅梳頭髮，所以她似乎嚇了一跳。

「克里夫不是說過嗎？要我別讓不好的蒼蠅靠近妳。」

或許會有男人向諾雅提出婚約。

「優奈小姐相信父親大人說的話嗎？」

「諾雅不相信嗎？」

「我不知道。可是，我覺得不會有男人在派對以外的場合靠近我。而且對我來說，交往這種事還太早了。」

我也這麼想。十歲就談男女交往未免太早了。不過，或許只是我沒有經驗罷了。在我原本的世界，有些早熟的孩子在小學就懂得交往了。可是這個世界是異世界，而諾雅是貴族，如果要交往，對方很有可能會以結婚為前提。

要是演變成那樣就麻煩了。

「畢竟我跟克里夫約好了嘛，小心一點總是比較好。」

278 熊熊玩弄諾雅的頭髮

「可是，為什麼要梳我的頭髮呢？」

「我想幫妳換個髮型。如果是沒見過幾次的人，換個髮型就認不出來了。」

如果只是遠觀，被發現的可能性就會降低。人傾向用特徵來記憶對象，如果我換上便服，會有幾個人認出我呢？若是只見過一次的對象，應該認不出來。

況且，諾雅住在遠離王都的克里莫尼亞，這裡的人見到諾雅的機會很少。只要變換髮型，不被發現的可能性就會提高。女孩子換個髮型，氣質就會徹底改變。

「所以為求謹慎，我想幫妳換髮型，不行嗎？」

「如果是優奈小姐幫我弄，那就沒關係。」

得到諾雅的許可，我開始幫她換髮型。

「那麼，告訴我妳喜歡哪一種吧。菲娜和修莉也給我一點意見吧。」

「好的。」

「嗯。」

我一邊梳理漂亮的金色長髮，一邊思考適合諾雅的髮型。

首先，我把後面的頭髮分成兩束，綁成和希雅一樣的雙馬尾。

「和希雅大人一樣呢。」

「跟希雅姊姊好像。」

菲娜把鏡子拿到諾雅面前。

「和姊姊大人是一樣的髮型呢。」

諾雅高興地觸摸自己的頭髮。

「雖然很好看，但是不行。」

「為什麼！」

「因為太像希雅了，馬上就會被看穿的。」

那我為什麼要綁這個髮型呢？只是因為我想看諾雅綁雙馬尾的樣子。畢竟是姊妹，綁一樣的髮型就會變得非常相似。希雅小時候大概就像現在的諾雅吧？

我接著綁單馬尾，還有側馬尾。

「諾雅大人好可愛。」

「諾雅姊姊，妳好可愛喔。」

每種髮型都很適合諾雅，很可愛。我很猶豫要選哪一種。我正在玩弄諾雅的頭髮時，艾蕾羅拉小姐走進了房間。

「哎呀，妳們在做什麼？」

「我正在玩弄諾雅的頭髮。」

「優奈小姐……」

聽到我的回應，鏡子裡的諾雅露出傻眼的表情。

我向艾蕾羅拉小姐說明真正的理由。

「原來是這樣呀。既然如此，我一定要加入。」

「母親大人？」

於是，艾蕾羅拉小姐也加入我們，諾雅的髮型秀正式開始。我們一下子幫她綁包包頭，一下子綁辮子，嘗試了各種髮型。

每一種都很適合她，非常可愛。

「諾雅比較喜歡哪一種？」

「嗚嗚，我覺得頭好痛。母親大人和優奈小姐是不是只想玩我的頭髮？」

嗯，我是在玩沒錯。因為平常很少有機會能碰金色的頭髮嘛。菲娜是短髮，自由度太低了，但諾雅是長髮，弄起來很有樂趣。

不過，要是再不決定，出門的時間就要到了。

我和艾蕾羅拉小姐等人商量，就此決定諾雅的髮型。最後我們使用跟菲娜一樣的大蝴蝶結，在腦後綁成一束馬尾。

弄成太特殊的髮型反而會引人注目，那就沒有意義了，所以我們選了簡單的髮型。不過，光是這麼做就能充分改變形象了。

我們帶著換了髮型的諾雅前往學校。艾蕾羅拉小姐也很想跟我們一起去參觀校慶，卻只能心不甘情不願地去工作。

諾雅愉悅地踩著輕快的步伐。她每踏一步，綁成一束的馬尾就會左右搖晃。

「我好期待喔。」

「諾雅是第一次參觀校慶吧？」

「是的，因為我不能一個人來王都。」

也對，家長不可能讓十歲的小孩子一個人來。去年是九歲，那就更不行了。

「修莉，妳絕對不可以放開我的手喔。」

菲娜緊握修莉的手。

「不可以自己一個人亂跑喔。」

我是不是不該吐槽「妳牽著她的手，她也沒辦法亂跑」呢？

諾雅和希雅的感情很好，菲娜和修莉的感情也很好呢。

我用溫馨的眼神看著菲娜她們，菲娜就看著我問：「怎麼了嗎？」

「我只是在想，原來姊妹就是這個樣子。希雅也非常擔心諾雅嘛。」

「姊姊大人擔心過頭了。」

「嗯，姊姊擔心過頭了。」

聽到諾雅說的話，修莉也表示同意。

這就叫做子女不知父母心……應該說妹妹不知姊姊心吧。

我們走在通往學校的路上，應該也是要去學校的人潮漸漸變多，因此漸漸有愈來愈多視線集中到我身上。

我並沒有忘記，人一多，視線也會變多。帶著小孩的父母看著我說「熊熊？」「是校慶的表演嗎？」的聲音傳到我的耳裡。我在心中說「並不是」，否定他們。

於是，我在眾人的注目之下抵達了學校。

「姊姊大人好像還沒有來呢。」

學校的入口並沒有希雅的身影。

來參觀校慶的人們接二連三地走進校門。為了確保安全，校門口放著水晶板，訪客都會把居民卡或公會卡放到上面。

我們正在等待希雅的時候，有小孩子從遠處跑來抱住了我。

「是熊熊耶～」

「熊熊～」

有一個人跑過來，孩子們便接二連三地開始聚集到我身邊。

「哎呀，那是為了校慶做的衣服嗎？」

「好可愛的熊熊喔。」

「媽媽，我也要去找熊熊。」

大人們放開自己的孩子。因為如此，孩子們都朝我聚集過來。這時候應該阻止他們啊。我總之先把兜帽往下拉，遮住自己的臉。

「優奈小姐！」

「優奈姊姊！」

「優奈姊姊！」

三個女孩一臉擔心地呼喚我，但我無暇回應。身邊聚集了許多小孩，我忙著應付他們。如果是魔物或敵人，我還能用魔法或熊熊鐵拳打飛對方，但我不能對孩子們那麼做。

「熊熊好軟喔。」

「熊熊毛茸茸的。」

「小朋友，可以請你們放開我嗎？」

我溫柔地勸告，孩子們還是抓著我不放。時間愈久，聚集過來的孩子就愈多。周圍的大人也都帶著微笑看著我們。

這不是校慶的表演啦。

「救命啊……」

我這麼求救，於是——

「優奈小姐，妳在做什麼？」

救命女神——希雅出現在眼前。

「希雅，救我！」

我對希雅求救。希雅看到我身邊的孩子們，嘆了一口氣，然後把孩子們拉開。

「好了，熊熊很困擾呢。放開人家吧。」

「好～」

「嗯。」

希雅這麼一說，孩子們就紛紛放開了我。多虧有希雅，我終於脫離孩子們的包圍。

「希雅，謝謝妳。」

「優奈小姐，妳到底在做什麼？」

救了我的希雅用傻眼的表情看著我。

「我們正在等妳的時候，小孩子聚集過來了。」

我只是站在這裡而已，什麼都沒有做。

我望向孩子們，他們好像還想找機會抱住我，這應該只是錯覺，但我還是感到恐懼。我從來沒想過被孩子們襲擊竟然是這麼恐怖的事。

「優奈姊姊，妳還好吧？」

「優奈姊姊。」

「優奈小姐。」

看到菲娜她們靠近我，其他孩子也試圖靠近。我制止了菲娜她們。看到這一幕，希雅掌握了狀況。

「要是繼續待在這裡，會有更多孩子靠近的，我們進去裡面吧。」

我贊成這個提議。

我們跟著希雅進入學校。孩子們都一臉失望，但我也沒辦法。

「希雅，真的很謝謝妳。妳幫了大忙。」

「優奈小姐總是打扮成這個樣子，所以我都忘了，這身打扮真的很引人注目呢。」

我並不是忘了，只是沒有想到會有這麼多孩子聚集過來。

我就這樣進入學校真的沒問題嗎？

279 熊熊見到公主殿下

我把公會卡放到水晶板上，進入校門後收到了一張紙。對了，其他人進入學校的時候也有收到這張紙。我一看，發現這是一張問卷，似乎是要請來賓把有趣的攤位填寫下來。原來學校還會發這種問卷啊。

我們進入學校後，剛才的孩子們也一起進來了。我總覺得他們好像是在跟著我走，但這裡只有一條路，我也沒辦法。我相信著能在途中與他們告別，跟著希雅前進。

「繼續走應該就不會被包圍了，不過還是先去我們的攤位吧。」

希雅這麼說，大家都點頭同意。

「話說回來，諾雅，妳怎麼會綁這個髮型？」

希雅看著諾雅的髮型這麼問道。

「是優奈小姐幫我綁的，不好看嗎？」

諾雅觸摸用大蝴蝶結綁起來的頭髮。

「不會啊，很可愛。可是，妳今天早上的髮型不是跟平常一樣嗎？為什麼要換？」

「因為優奈小姐把父親大人說的話當真了。」

諾雅簡單說明了換髮型的理由。

「哈哈，父親大人和優奈小姐都太愛瞎操心了啦。要談婚事的人會去找父親大人或母親大人，不會直接搭訕諾雅本人的。」

「可是，如果本人喜歡諾雅，那就不一定了吧？舉例來說，以前或許有男生看到諾雅穿派對禮服的樣子，對她一見鍾情，可是又不敢跟她說話啊。」

諾雅很可愛。這麼可愛的諾雅穿上派對禮服，或許會有人對她一見鍾情。可是，諾雅的回應很冷淡。

「連在派對上都不敢搭話的男生，我也會拒絕的。」

諾雅斷然否定。比起優柔寡斷的男生，她好像還是比較喜歡個性果決的男生。

可是，我覺得習慣應付女生的男生也很討人厭。跟諾雅同年的男生應該不會有這個問題吧？要是有男生才十歲就很懂得討好女生，那也太恐怖了。

「而且連在派對都不敢跟我說話了，我不覺得對方在這種人多的地方就敢跟我說話。」

的確如此。我說的那種男生不可能在這種引人注目的地方向諾雅搭話，況且她身邊還有我們在。

「不過，我覺得改變髮型是個好主意，被麻煩的熟人搭話的可能性也會降低。而且，重點是很好看。」

這裡是許多貴族子女就讀的學校。比起交往之類的事，被麻煩的貴族攀談的可能性確實比較高。在米莎的生日派對上遇到的那種笨蛋貴族或許還有更多，小心一點總是比較好。

「而且，既然有這麼多人，或許不會有人發現我是誰吧？」

我們聊著這些，走向希雅等人的攤位。

「對了，希雅，你們的攤位在哪裡？」

「我們的攤位就在前面的練習場。」

據希雅所說，依種類不同，會被分在特定的地點擺攤。學校這麼大，我真希望有導覽手冊可以看。

希雅說學校沒有準備導覽手冊，但有些地方會放置大型的看板，上面會標示地圖和攤位的位置。

練習場平常好像是供學生練習劍術或魔法的地方。據說這所學校有好幾處練習場。

我們一邊參觀校內，一邊熱烈地聊著諾雅的髮型，抵達了練習場。這裡就像是比較寬敞的中庭。

練習場有各式各樣的攤販並列，還備有桌椅，可供來賓用餐。午餐時間應該會聚集不少人。

「食物的攤位被分散在各個地方了，所以人潮應該不會聚集在同一處。」

練習場已經有先到的客人正在排隊，也有人開始用餐了。我們到了希雅等人經營的棉花糖店，卻沒看到客人的身影。是不是還沒有開張呢？

我們走過去時，卡特蕾亞向我們打了招呼。

「大家狀況如何？」

「很完美。不知道能賣多少，真令人期待。」

「呵呵，我們一定要拿下攤販類的第一名。」

馬力克斯這麼宣言。

很不錯的志氣，接下來只要相信能暢銷就行了。

「攤販類？」

「為了激勵學生，學校會頒發類別獎。只要得獎，就能拿到豪華獎品。妳們剛才有沒有在校門口拿到問卷？」

「嗯，有拿到。」

「只要寫號碼就能投票，所以妳們可以記住自己喜歡的攤位號碼。順帶一提，我們的攤位是三十五號，喜歡的話就投票給我們吧。」

我拿起問卷一看，上面有三個欄位，可以填寫自己覺得有趣或是印象深刻的攤位。看來學生就是要透過這種問卷來競爭。

「這個嘛，如果看了其他攤位後覺得沒有更好的，我會投給你們的。」

很抱歉，我不打算偏袒自己人。既然要寫，就要公平審核過再寫。當我這麼想的時候，一旁的菲娜正要寫下號碼，被我阻止了。都還沒吃過，不可以寫啦。而且我們也還沒有逛過其他的攤位。

「希雅，是不是差不多可以介紹我了？」

站在希雅身後的女孩拉了拉希雅的雙馬尾。

從剛才開始，站在希雅身後的女孩就頻頻瞄向我。她跟希雅等人穿著一樣的制服，看得出來是學生。我覺得她看起來很眼熟，卻想不起來。要是見過這麼可愛的女孩，我應該不會忘記才對。

「我知道了，請不要拉我的頭髮。」

女孩放開希雅的雙馬尾。人家都說頭髮是女人的生命，不可以亂拉喔。

「因為大家都排擠我，自顧自地說話嘛。」

女孩露出有點鬧彆扭的表情。

「優奈小姐，我來介紹她給妳認識。她是跟我同班的堤莉亞大人。」

希雅這麼介紹，名叫堤莉亞的女孩便往前一站。

「我終於見到熊熊了。我的名字叫做堤莉亞，請妳多多指教。」

「呃，我是優奈，請多指教。」

名叫堤莉亞的女孩伸出手，我也伸手，她便用雙手握住我的熊熊玩偶手套。對方好像知道我是誰，我卻不認識她。可是，我總覺得我好像見過她。是在哪裡有過一面之緣嗎？我擔任護衛時有來過學校，是那個時候嗎？我還以為是這樣，她接下來的發言卻否定了我的猜想。

「妳真的打扮成熊熊的樣子呢。我妹妹平常受妳照顧了。」

呃，她妹妹是誰？

既然說我照顧過她妹妹，就表示我認識她妹妹？

我認識的人之中，年紀比她小的女孩並沒有那麼多。有諾雅和米莎。另外，雖然可能性很低，但其中還包含卡特蕾亞。我觀察希雅、諾雅、卡特蕾亞這三個人，卻都不像她，不過也有些姊妹長得不像就是了。

除此之外，還有可能是克里夫外遇，生了和諾雅她們同父異母的姊妹。如果是這樣，也難怪她長得不像艾蕾羅拉小姐。

「優奈小姐，我不知道妳在想什麼，但大概不是那樣喔。」

我交互觀察希雅和自稱堤莉亞的女孩時，希雅否定了我心裡的想法。請不要隨意讀心好嗎？

「我妹妹總是叫妳『熊熊、熊熊』，所以我還以為妳穿著熊的毛皮呢，原來不是那樣。我完全沒想到妳會是這麼可愛的熊熊。」

堤莉亞捏了捏熊熊玩偶手套，還輕輕拍打著我的身體。

「那個……可以請妳不要亂摸嗎？」

「對不起。那麼，最後請讓我抱一下。」

堤莉亞放開了我，接著卻突然張開雙手，抱住我的身體。為什麼會變成這樣！

「真的就跟我妹妹說的一樣，好柔軟。」

提莉亞抱緊我的柔軟服裝。

「這種觸感會讓人上癮呢。」

她盡情觸摸我的身體，最後把臉埋進我的胸口。

「好好喔，我也要。」

連修莉都從後面抱住我。這樣根本和剛才的狀況沒有兩樣。

我用力抓住提莉亞的肩膀，把她拉開。

「妳突然這麼做是怎樣？修莉也放開我吧。」

「對不起。因為我妹妹說妳抱起來又軟又舒服，所以我一直很想抱抱妳本人。」

「就算是那樣，也不能突然抱住我啊。」

提莉亞一邊道歉，一邊放開我。而且她妹妹到底是誰？不管我怎麼想都猜不到她是誰的姊姊。

「不只是我妹妹，父親大人和母親大人也有跟我說過妳的事喔。」

她有妹妹，連父母都認識我。到底是誰的姊姊？我怎麼想都想不透。

「可是，為什麼妳總是挑我不在的時候來呢？放學之後，我常常從父母和妹妹那裡聽說熊熊又帶了什麼美味食物來的事。雖然哥哥總說熊一來就會讓父親大人拋下工作，很令人困擾。」

她的妹妹會叫我熊熊，我帶食物去就會讓她的父親拋下工作，令哥哥深感困擾。線索愈來愈齊全了。

該不會是她吧？

我漸漸猜到她是誰了。我重新開始觀察她──堤莉亞的容貌。

……好像。

「妳該不會是芙蘿拉公主的姊姊吧？」

「是的，難道妳不知道嗎？」

我怎麼會知道！

國王竟然還有另一個女兒，別說是名字了，我連有這號人物存在都不知道。沒有人告訴我，我也沒有問過。

既然長男是二十歲左右，芙蘿拉公主約四五歲，中間還有一兩個孩子也不奇怪。經她這麼一說，她的長相確實有芙蘿拉公主和王妃殿下的影子。我剛才為什麼沒有發現呢？明明很明顯。

「因為希雅認識熊熊，還說她今天會來參觀校慶，所以我自願來這個攤位幫忙，拜託希雅介紹熊熊給我認識。」

我終於理解狀況了。

「原來芙蘿拉公主還有姊姊啊。」

「我一直想向妳道謝，謝謝妳總是這麼照顧我妹妹。」

「不會……」

「特別是熊熊布偶，很可愛呢，而且繪本也畫得很好。每次聽說關於妳的事，我就很好奇是

什麼樣的女孩子會做料理、做布偶，還會畫繪本呢。」

我能感受到堤莉亞想見我的心情。

她似乎真的很想見我。

堤莉亞對我露出滿臉笑容。

幾天前見到王妃殿下的時候，她說自己有從女兒那裡聽說校慶的事，原來她指的不是芙蘿拉公主，而是堤莉亞。怎麼不用名字稱呼嘛。

我萬萬沒想到芙蘿拉公主有個姊姊，而且我還在校慶見到了她。

280 熊熊幫忙宣傳攤位

「所以，你們的攤位還順利嗎？生意看起來好像不太好耶。」

「其實，我們到現在連一個客人也沒有。」

「這麼稀奇的點心，等一下就會有客人了。那邊的孩子們，要不要吃棉花糖？」

馬力克斯對看著我的孩子們這麼說道。孩子們面面相覷，搖了搖頭就跑掉了。啊啊，好不容易有客人耶。

「馬力克斯，不可以用可怕的臉叫賣啦。」

「怎麼，難道我的臉很可怕嗎？」

「你的笑容不夠。」

正如希雅所說，馬力克斯的笑容是個問題，但一般人突然見到沒有吃過也沒有聽過的食物，通常不會想要花錢買來吃。

吃過我做的東西的人都認識我，我也沒有向他們收錢，因此大家都願意吃。

嗯～這真是個盲點。再怎麼稀奇美味的東西，沒辦法讓人得知那份美味也會賣不出去。再這樣下去，希雅等人的努力可能會化為泡影。

我重新看向他們的攤位。

我首先確認棉花糖的價格。要是太貴，小孩子可能無法用零用錢購買。不過，價錢是小孩子的零用錢也買得起的金額，應該沒問題。

我為什麼會知道小孩子的零用錢金額呢？其實是從堤露米娜小姐那裡聽說的。她請我不要給菲娜和修莉太多零用錢，當時我有聽她說過。

因此，金額方面沒有問題。

我接著確認招牌。招牌上只寫著棉花糖，不知道的人看到招牌只會覺得莫名其妙。而且沒有棉花糖的樣品，客人根本不知道他們做的是什麼東西，這樣路人經過也不會停下腳步。

可是，這個世界沒有像祭典的攤販用的那種透明塑膠袋，所以也不能擺出事先做好的棉花糖。而且它跟普通的食物不同，沒什麼香味，無法靠香味來吸引客人。

希雅等人沒有做過生意，這也沒辦法，但這家店欠缺太多東西了。

既然價格沒有問題，那問題就在於攤位的外觀和宣傳的不足。

雖然我覺得身為外人的自己不該幫忙，但希雅等人那麼努力練習做棉花糖，明明幹勁十足卻生意慘澹，實在太可憐了。

而且身為教他們做棉花糖的人，東西賣不出去會讓我有點難過。

說到宣傳，我就想到那個方法，但其實我很不想做。可是，這麼做肯定有效。為了希雅等

人，我決定忍耐。

「你們的宣傳好像有點不足，我可以借用攤位旁邊的空間嗎？」

他們的店並不像祭典的攤販一樣跟隔壁攤位相連，並排的店與店之間留有一點間隔。

「可以是可以，請問妳要做什麼呢？」

「看下去就知道了。」

這種時候果然還是需要棉花糖的樣品。可是，我沒辦法像原本世界的工匠一樣做出精巧的食品模型。不過，我可以製作類似的東西。

我集中魔力，打造出一尊約兩公尺高的Q版熊熊擺飾，姿勢呈坐在地上的模樣。我還讓熊熊手拿土魔法做成的棉花糖，做出熊熊正在吃棉花糖的樣子。這樣一來，客人應該就知道這是賣食物的店了。

我完成的東西不是招財貓，而是招財熊。

「是熊熊耶。」

「熊做了熊？」

剛才是誰說了蠢話？

我環顧四周，卻不知道是誰說的。

我放棄尋找犯人。

「優奈小姐還是一樣能輕鬆辦到困難的事呢。」

「不過，這樣就能多少吸引到目光了吧？」

「是沒錯，但為什麼是熊呢？」

因為我的想像愈來愈侷限於熊了。當然了，只要自由想像，我也能做出其他東西。可是自從來到這個世界，使用強化攻擊魔法就是熊，做出來的魔偶也是熊，做出來的擺飾還是熊，連召喚獸都是熊，繪本也有熊，自己更是熊熊造型。因此，我腦中漸漸被熊占據了。所以，我常常不自覺地做出能輕鬆想像出來的熊。

「不要熊的話，要不要做成別的東西？」

努力一點的話，我應該做得出來吧？

「不，這樣就可以了。它很可愛，而且是優奈小姐好不容易才做出來的。這也很適合宣傳我們的攤位。」

既然大家都說沒問題，那就好。

我往後一看，發現有一群孩子正用閃閃發亮的眼神看著熊熊擺飾。他們大概是我在校門口遇到的那群孩子吧。

那麼，就請這群孩子來幫忙吧。

「馬力克斯，你先做三支棉花糖。」

「嗯？我知道了。」

孩子們的視線從我轉移到製作棉花糖的馬力克斯身上。

「有東西跑出來了。」「線？」「這是什麼？」「這是吃的嗎？」

馬力克斯展現練習的成果，熟練地製作棉花糖。他大概練習了非常多次吧，揮動棒子的手勢就像專家一樣。孩子們都用好奇的目光看著棉花糖漸漸成形的樣子。

我呼喚站在稍遠處的菲娜和希雅，對她們說悄悄話。菲娜點點頭，走向修莉和諾雅身邊，希雅也點頭說「我知道了」。

棉花糖完成後，我付了錢，收下棉花糖。馬力克斯本來不想收我錢，但我說「我是客人喔」，把錢交給了他。

然後，我把棉花糖送給菲娜、修莉和諾雅。

「謝謝優奈姊姊。」

「謝謝。」

「優奈小姐，謝謝妳。」

她們三個對我道謝，開始吃起棉花糖。

「好好吃。」

「好甜好好吃喔。」

「真好吃呢。」

菲娜等人開始大聲說出自己對棉花糖的感想。

這就是所謂的自導自演。雖然其他人也知道是自己人在演戲，但只要能展現出津津有味的樣子就沒問題了。

孩子們十分好奇地看著菲娜等人，附近的路人也停下了腳步。他們的視線轉向我的熊熊裝扮、熊熊擺飾，還有吃著神祕食物的菲娜等人。

「她們在吃棉花嗎？」

「那是什麼？」

愈來愈多人對棉花糖產生興趣，聚集到攤位前。我轉頭望向希雅，她也點頭回應。

「現在開始舉行試吃會。不嫌棄的話，請大家來吃吃看。這是非常好吃的甜點喔。」

希雅對周圍的人們喊道。

聽到希雅說的話，馬力克斯再次開始製作棉花糖，生了興趣的人們對馬力克斯做出的棉花糖感到很驚訝。他們一臉好奇地看著雲朵般的棉花從棉花糖機噴出，漸漸纏繞到棒子上的模樣。

然後，希雅把做好的棉花糖分成一口大小，請周圍的人試吃。吃過棉花糖的人都露出驚訝的表情。他們似乎對入口即化的口感和甜蜜的滋味感到很驚訝。

於是，試吃過的人開始購買棉花糖。

現場漸漸開始大排長龍。人潮吸引了更多人潮，我的打扮也吸引了不少人。

我只幫到這裡，然後走到攤位裡面。接下來就要交給他們自己努力了，我終究只是個外人。

我走到攤位裡後，孩子們就對我呼喊「熊熊～」、「熊熊」，所以我對他們揮揮手。我覺得自己好像變成吉祥物了。

「啊，對了。希雅，我想妳應該知道，棉花糖久了就會融化的事最好要告訴客人喔。」

或許有人會想把棉花糖帶回家。客人到家的時候，棉花糖可能已經融化成小小的樣子了。要是因此遭到客訴，那可不好玩。

「我知道了。」

我的職責就到此為止。

「那麼，希雅，你們加油吧。我們也差不多該走了。」

「姊姊大人，請加油。」

「其實我很想帶妳們去逛逛的。」

「有優奈小姐在，沒問題的。」

「這是最讓我擔心的事。」

真失禮。我什麼也沒做，都是問題主動找上我的。

不過，我也不否認原因在於熊熊服裝就是了。

「既然如此，要不要讓我來帶路呢？」

「堤莉亞大人？」

「熊熊，叫我堤莉亞就可以了。」

「可以嗎？那麼可以請妳不要叫我熊熊，叫我優奈嗎？」

「那麼，優奈，我來帶妳們參觀學校。只要跟我在一起，應該沒有人敢對妳做什麼奇怪的事。」

「她不用幫忙顧店嗎？」

我不是問堤莉亞，而是問希雅。

「我們是請堤莉亞大人明天來幫忙，沒關係的。」

於是，我們決定跟堤莉亞公主殿下一起逛校慶。

菲娜和諾雅露出驚訝的表情，她們還好吧？

281 熊熊逛校慶

決定跟堤莉亞一起逛校慶的我們輪流自我介紹。諾雅和堤莉亞好像知道彼此是誰，但似乎只是認得出長相的程度。

菲娜緊張地打招呼，修莉高興地喊著：「是公主殿下耶～」菲娜見狀，馬上叫修莉好好打招呼。堤莉亞笑著摸了摸修莉的頭。

「那麼，妳們有什麼想去的地方嗎？還是要在這附近吃些什麼再走？」

我並不特別覺得餓。

「我想去其他地方逛逛，大家覺得呢？」

「好的，我也沒問題。」

「我交給優奈姊姊決定。」

「我肚子不餓，沒關係。」

我們決定晚點再吃東西，先去看看其他攤位。

「話說回來，優奈的打扮真的很引人注目呢。」

每次跟人擦身而過，就會聽到「熊？」、「為什麼會有熊？」、「有活動嗎？」、「那是哪個攤位的東西？」等聲音。

多虧校慶，有很多人誤以為熊熊裝扮是校慶表演的一環。

而且，偶爾有學生會主動向堤莉亞打招呼。他們一看到我，都會擺出「為什麼堤莉亞大人會和熊在一起？」的表情。

「終於見到傳聞中的熊熊，我好高興。城堡裡有很多人都知道妳的事，卻沒有人知道妳究竟是什麼樣的人。母親大人說妳是『很可愛的熊熊』，我妹妹說『熊熊是好人』，父親大人甚至只說『她就是熊』呢。」

堤莉亞倒著走路，對我這麼說道。

這個嘛，芙蘿拉公主應該什麼都不知道，王妃殿下除非從國王那裡聽說，否則應該也不知道，畢竟國王也不能說出一萬隻魔物的事。

「不過，妳為什麼要打扮成熊熊的樣子呢？」

堤莉亞看著我問道。

然而，我對這類問題的答案是統一的。

「呃，因為我受到熊熊的庇佑，所以必須打扮成熊的模樣。」

我模糊其詞。

「熊熊的庇佑？有那種東西嗎？」

我並沒有說謊。只要脫掉衣服，我就無法防禦攻擊，也會失去耐熱與耐寒的效果。要是脫掉熊熊玩偶手套，我就無法召喚熊緩和熊急，也無法使用魔法，更無法舉起沉重的劍，另外也無法使用道具袋。要是脫掉熊熊鞋子，我就無法快速奔跑，也跳不高。換句話說，沒有熊熊裝備的話，我什麼也做不到。

聽完我說的話，諾雅和修莉說「我也想要熊熊的庇佑。」「嗯，我也想要。」但我假裝沒聽見。得到這種東西就必須穿著熊熊服裝喔。我這麼想，但她們倆可能都會因此高興，真可怕。

「而且，妳穿成這樣不會熱嗎？」

堤莉亞走到我旁邊，捏起熊熊服裝的側腹，感覺就像被捏起贅肉，請不要這樣。

「因為這是用特殊布料做成的，不會悶熱。」

「不會悶熱？這到底是用什麼布料做成的呢？」

堤莉亞再次捏起我的熊熊服裝。

「不過，像優奈這種可愛的女孩子穿就很適合。如果是男孩子，應該不好意思穿這種衣服吧？」

不，身為女孩子的我也覺得很羞恥，我只是放棄了而已。

「啊，對了。說到熊我就想到，希望妳下次可以讓我看看妳的熊召喚獸。聽說牠們跟芙蘿拉的熊熊布偶一模一樣呢。」

看來她已經聽說關於召喚獸的事了。反正也沒必要隱瞞，沒關係。

「那對熊熊布偶很可愛呢。因為太可愛了，我拜託芙蘿拉給我，她就用快要哭出來的眼神說不行，害我緊張了一下呢。」

妳到底在做什麼啦！

我知道芙蘿拉公主很珍惜熊熊布偶。她常帶著布偶散步，房間的布偶也會好好擺在枕頭旁邊。堤莉亞竟然想要從芙蘿拉公主那裡拿走布偶。

「不可以拿走公主殿下的布偶啦。」

聽到我們的對話，修莉對堤莉亞開口說道。在這個瞬間，菲娜試圖摀住修莉的嘴巴，但來不及了。

「呵呵，妳說得對。只是因為布偶實在太可愛了，我也很想要。不過，我不會拿走芙蘿拉的布偶，放心吧。她那麼珍惜布偶，我不會搶走的。」

堤莉亞把手放在修莉的頭上，這麼保證。

幸好她不會認為妹妹的東西就是姊姊的東西。

「妳真的想要的話，我會送妳的，請別拿走芙蘿拉公主的布偶。」

「連優奈都這麼說。我不會拿走的啦，只是因為熊熊布偶有兩隻，我才會拜託她能不能分我一隻。」

「熊緩和熊急是分開的，牠們不一樣。」

修莉這麼說明。

「芙蘿拉和母親大人也都說了同樣的話。我以為只是顏色不同的熊熊而已。」

也對，不知道的人一看，恐怕只會覺得它們是不同顏色的布偶。

「修莉，妳也有布偶嗎？」

「嗯，我有熊急的布偶。」

「其他人呢？」

「我的布偶是熊緩。」

「我兩隻都有。」

「原來大家都有呀。那麼優奈，一言為定，妳也要給我布偶喔。」

我不希望堤莉亞拿走芙蘿拉公主的布偶，所以答應送給她。

「不過，我沒想到連母親大人也有。我到她的房間，看到裡面擺著布偶，嚇了一跳呢。」

因為王妃殿下抱著熊急不放，又很想要芙蘿拉公主的布偶，所以我才會送給她。我沒想到芙蘿拉公主有姊姊，而且姊姊也盯上了布偶。或許該說是有其母必有其女吧？

我們熱烈地聊著布偶的話題，走著走著就來到與希雅等人不同的練習場了。

人潮相當多，各種攤位的四周都非常熱鬧。

「好了，要從哪裡開始逛呢？」

「從邊邊開始逛起吧。」

畢竟我們也不知道有什麼攤位。

「也對，有什麼想逛的攤位就告訴我吧。」

我們決定邊走邊看，遇到有興趣的東西再停下來。寬敞的地方有學生正在表演劍術，也有學生正在施放魔法。雖然穿著制服這麼做的樣子給我一種異樣感，卻也讓我重新認知到這裡是異世界。

「各位，那邊有好玩的東西喔。」

我們跟著堤莉亞，來到有許多人聚集的熱鬧場地。我好奇地看過去，發現是投擲小刀的遊戲攤位，攤位裡有不同距離和大小的標靶。

有男學生用小刀射中標靶，高興地收下看起來像獎品的東西，送給女學生。那是用來裝飾頭髮的花飾嗎？

下一個男學生站到臺階上，投擲了三把小刀。他的目標好像是比較遠的標靶，但全部都沒有射中。我們看到他跟身邊的女學生道歉的樣子。

「那是讓男學生表現給女朋友看的地方吧？」

「射中標靶的話，就可以拿到那個嗎？」

修莉望著擺放獎品的地方。

獎品有各式各樣的髮飾。放在下排的髮飾比較樸素，花朵也比較小。放在愈上面，造型就愈氣派。最上排擺著最漂亮的花飾，那似乎就是這個攤位最高級的獎品。

標靶會根據距離和命中位置來決定分數，總分愈高，好像就能拿到愈好的獎品。剛才的男學生拿到的是第三順位的髮飾，最好的髮飾似乎要拿到最高分才能獲得。

下一個男學生很保守地瞄準近處的標靶，贏得最低階的小花飾，收到獎品的女孩很高興。這一幕引起了觀眾的噓聲。如果是在原本的世界，大概會有人大喊「現充去死」吧？

接下來上場的是個女孩子。是為了自己嗎？

話說回來，投擲小刀啊，很有異世界的風格，好像滿好玩的。在原本的世界根本不能做這種危險的事，況且平常也沒有機會投擲小刀。

「大家要試試看嗎？」

「我要！」

「嗯，我要玩～」

「那我也玩好了。」

大家都贊成提莉亞的提議。

我有一瞬間覺得不該給小孩子拿刀，但我會請菲娜和修莉肢解魔物，沒資格阻止她們。最重要的是，大家都興致高昂。

好吧，反正不是要對人投擲，而且今天是校慶，於是我也決定一起參加。

我們照投擲的順序排隊時，其他人說著「熊？」的聲音紛紛傳了過來。我把熊熊兜帽往下拉，遮掩臉部。

我的打扮還是很引人注目。

過了一陣子，終於輪到我們了。

堤莉亞第一個上場。

「讓我玩一局吧。」

「堤莉亞大人？好、好的，請。」

對堤莉亞的出現感到驚訝的值班學生戰戰兢兢地遞出小刀。堤莉亞收下三把小刀，站到長方形的臺階上投擲。要是投擲後從臺階上跌下來，那一次就不算數。

「呵呵，獎品是我的了。」

堤莉亞會瞄準哪裡呢？

堤莉亞拿起小刀，用漂亮的姿勢投擲。小刀劃出俐落的直線，以悅耳的聲音射中中間距離的標靶。

哦，真厲害。觀眾也發出「堤莉亞大人好帥！」、「堤莉亞大人～」等歡呼聲。

堤莉亞擲出小刀，就會有人尖叫。

她是公主殿下，似乎也很受女生歡迎。

她的第二把、第三把小刀都正中目標，獲得的總分可以拿到第三順位的花朵髮飾。

第二好的獎品似乎要射中更遠或更小的標靶才能拿到。

堤莉亞領了花飾後走了回來。

「明明是公主殿下，妳的技術真好。」

「還好啦，我很擅長投擲小刀。」

她的確沒有自誇。不過，公主殿下擅長投擲小刀，這樣真的好嗎？

「接下來換我了。」

諾雅跟堤莉亞擦身而過，站到臺階上。

看到小女孩登場，周圍掀起一陣不同於堤莉亞的騷動。

「那個孩子好可愛。」

「她跟堤莉亞大人走在一起呢，是誰呀？」

我們聽到這些聲音。諾雅不理會這些聲音，站到臺階上投擲小刀。她瞄準跟堤莉亞相同的標靶。可是第一把和第二把都射偏了，第三把勉強射中，諾雅贏得最小的花飾。

「好險，差一點就零分了。」

「可是妳射中了，很厲害啊。」

「謝謝誇獎。菲娜、修莉，妳們可以瞄準比較近的標靶。」

諾雅這麼建議接下來要上場的菲娜和修莉。

「我知道了。」

菲娜從學生手中接過小刀，走到臺階上。

「又是可愛的小女孩。」

「加油！」

聲援讓菲娜感到有點害羞。

然後，可能是因為習慣肢解，菲娜用熟練的手勢握住小刀，迅速擲出。她按照諾雅的建議，瞄準最近的標靶。

射中近處標靶的菲娜拿到和諾雅一樣小的花飾。最近的標靶是為小孩子或初學者準備的，似乎任誰都能贏得花飾作為獎品。所以，攤位準備了許多小花飾。

我要瞄準哪個標靶呢？

我正要過去的時候，修莉往前站。

「接下來換我～」

「妳可以嗎？」

「姊姊有教我怎麼拿刀，沒問題。」

那是肢解時的拿刀方式，不是投擲方式吧。

菲娜什麼也沒有說，所以我也隨她去。

修莉站到臺階上，周圍響起「好可愛」、「是剛才那女孩的妹妹嗎？」、「她可以嗎？」、「加油～」等不同於堤莉亞、諾雅和菲娜的歡呼。

修莉和菲娜一樣，瞄準最近的標靶。第一把偏右，沒有射中。第二把反而偏左，也沒有射中。第三把小刀射中了標靶，卻沒有插在上面，掉到了地上。

周圍的人喊出「她很努力耶」、「給她獎品啦～」的聲音。可是規則就是規則，不能破例給她獎品。

「嗚嗚。」

修莉帶著悲傷的表情走了回來。

這也沒辦法。

「修莉，我的給妳。」

菲娜想把自己拿到的髮飾送給修莉，但修莉搖搖頭。

「那是姊姊拿到的。」

姊妹倆都很貼心呢。

「既然如此，我的獎品就送給修莉吧。」

「優奈姊姊？可是……」

「畢竟我的頭也沒辦法戴髮飾嘛。」

我指著自己頭上的熊熊兜帽給修莉看。戴著熊熊兜帽的我不需要髮飾。既然如此，我希望修莉能破涕為笑。

「所以妳就收下吧。」

「嗯，優奈姊姊加油。」

「那麼，我要上場了。」

我一上臺，在旁邊觀戰的人就議論紛紛。

「是熊。」「有熊耶。」「那是學生為校慶做的衣服嗎？」「是誰在穿？」我似乎被當成這所學校的學生了。我把兜帽往下拉，遮住了臉，所以沒有人知道我是誰。

「請。」

看著我的裝扮，值班的女學生把小刀交給我。

收下小刀的我看著標靶。要選哪一個呢？如果是靜止的目標，有熊熊裝備的輔助，幾乎都能命中。

我決定替修莉大顯身手。

熊熊玩偶手套的嘴巴咬住小刀。然後，我投出第一把。彷彿有一道引力般，小刀命中了最遠標靶的中心，現場響起歡呼。「好厲害。」「她射中那麼遠的標靶，而且是正中心耶。」「湊巧的吧。」「不，那也未免太湊巧了。」

我投出第二把。當然了，小刀正中最遠標靶的中心，我又立刻投出第三把，全部都刺中了最遠標靶的中心。

「好厲害。」「那隻熊真厲害。」「三把連續命中是怎樣？」「熊熊好厲害喔。」

周圍的人發出歡呼。太誇張了吧。只要是有一定程度的冒險者，應該都辦得到。我是靠熊熊裝備，所以這不是我的實力，不過技巧是承襲遊戲時代的經驗，或許多少有點幫助。

我走下臺階，值班的女學生便拿著漂亮的髮飾來到我面前。

「恭喜妳。」

「謝謝。」

「請問，是不是太簡單了呢？」

「嗯～因為我擅長投擲小刀，我的意見應該不能當作參考吧。」

「是嗎？我們真沒想到有人能在第一天就破關。」

「抱歉。」

「不會，能炒熱氣氛，我們也很感謝妳。」

我往周圍一看，聽到「那隻熊是誰？」、「是堤莉亞大人的朋友嗎？」、「應該是吧，她們走在一起」的聲音。

真要說的話，炒熱氣氛的功臣應該是堤莉亞吧？

我收下作為獎品的髮飾，走向修莉。

「我拿到了。」

我把髮飾戴到修莉的頭髮上。

「優奈姊姊，謝謝妳。」

修莉對我露出滿臉笑容。看到她的笑容，我的努力有了回報。雖然不免引人注目，但大家都以為我的裝扮是校慶的表演，應該沒關係吧？

「嗚嗚，修莉能收到優奈小姐的禮物，真令人羨慕。」

諾雅一臉羨慕地看著修莉的髮飾。

「既然這樣，要不要我幫每個人都拿一個？」

我望向獎品，顧櫃檯的女孩就露出了有點尷尬的表情。

「優奈姊姊，還是不要那樣比較好。」

「我也這麼想。」

提莉亞贊同菲娜的意見。

「那我要再挑戰一次。」

我們駁回諾雅的請求，一起去逛下一個攤位。

282 熊熊聽見菲娜的批評

離開小刀攤位的我們戴上自己拿到的髮飾。

「我來幫妳們戴。」

堤莉亞幫菲娜和諾雅戴髮飾。

最後堤莉亞也把髮飾戴到自己的頭上。

四個人的頭髮上都戴著漂亮的髮飾，只有修莉的頭上戴著特別大的髮飾。

「呵呵，感覺好像多了好幾個妹妹呢。」

「堤莉亞已經有個可愛的妹妹了吧。」

「自己的妹妹和她們是不一樣的感覺嘛。」

我們移動到下一個攤位。修莉很高興能拿到髮飾，輕快地走著。

看著她的髮飾，諾雅開口說道：

「要是再玩一次，我或許就能拿到跟堤莉亞大人一樣的髮飾了。」

明明兩把小刀都射偏了，她到底是哪裡來的自信？

「如果我也再玩一次，一定可以拿到比剛才更好的分數。」

堤莉亞也不認輸，這麼宣言。

再玩一次，送髮飾給菲娜，讓她們姊妹倆都有同樣的髮飾也不錯。

不過，看櫃檯的女孩那個表情，人家或許不會讓我繼續玩。要是自己花時間做好的手工髮飾又被輕易拿走，他們也很傷腦筋吧。

後來，我們逛了各式各樣的攤位。

首先是丟球的攤位。

參加者要用球打中裝扮成魔物的學生，跟投擲小刀的標靶不同，這次的目標比較大，但會移動。訣竅是預測移動的方向後再丟。用第一球引導對方的動作，再用第二球擊中目標也行。

「啊啊，躲開了！」

「嗚嗚，打不到。」

另外，扮演魔物的學生會根據分數站在固定的距離，也只會左右移動。丟中愈遠的魔物，分數愈高。

菲娜等孩子丟球的時候，扮演魔物的人還會放慢動作。

我瞄準分數最高的魔物，熊熊玩偶手套投出高速球，打中最遠處扮魔物的學生。

或許是沒想到球會飛到這裡，扮演魔物的學生來不及躲開，被球命中。我丟出剩下的球，給予最後一擊。所有的球都命中，菲娜等人發出歡呼，周圍的人們也都為我鼓掌。

我漂亮地贏得最好的獎品。

「優奈小姐好厲害。」

「優奈姊姊好帥喔。」

「優奈姊姊，妳好厲害。」

「投擲小刀也是，真虧妳能打中那麼遠的目標呢。優奈到底是什麼人？」

「妳沒聽說我是冒險者嗎？」

「……冒險者？啊啊，希雅他們有說過。」

似乎現在才想起來的堤莉亞這麼說。

「因為妳打扮得這麼可愛，我完全忘記妳是冒險者了。而且我也沒有親眼見過妳戰鬥的樣子，就算聽說妳是冒險者，我也很難想像呢。」

堤莉亞這麼說，菲娜等人也有同感。

後來，我們參加了滾球、比速度的障礙賽跑等各種遊戲，贏得許多獎品。

我把拿到的獎品都送給了菲娜、修莉與諾雅。

除了投擲小刀拿到的髮飾，我還拿到了項鍊、手環、胸針，以及一些小配件和學生種植的花卉。

「妳變成獎品獵人了呢。」

堤莉亞看著菲娜等人穿戴著獎品的模樣，這麼開玩笑。

這麼說的堤莉亞也穿戴著自己贏得的獎品。

「優奈到哪個攤位都能拿到最好的獎品，大家的表情都很尷尬呢。」

「因為我就是想挑戰嘛。」

我已經把校慶當成遊戲在玩了。身為前重度玩家，我就是會忍不住想挑戰遊戲類的攤位，也想取得高分。

感覺就像是遊戲裡的小遊戲。

拿到獎品的我們走向下一個攤位。

「嗯？那是什麼攤位？」

攤位四周被大塊布料圍起，其他人看不到裡面。

「會是什麼呢？」

堤莉亞好像也不知道。也對，她總不可能掌握所有攤位的主題和位置。

不過，被布圍起……應該不是鬼屋吧？而且，我覺得沒有鬼屋會設在明亮的戶外。再說，這個世界有鬼怪的概念嗎？

不是鬼屋的話，難道是迷宮之類的？

我們走向入口，那裡站著一名男學生。

「熊？……堤莉亞大人！」

男學生對我的裝扮感到驚訝，見到堤莉亞又再度露出驚訝的表情。

「這裡是什麼攤位？」

「這裡正在舉辦肢解魔物或動物的體驗活動，恐怕不適合堤莉亞大人入內。」

男學生這麼回答。

入口附近的招牌寫著肢解魔物或動物的體驗活動一類的話，旁邊的注意事項還寫著「內部正在進行魔物或動物的肢解，沒有興趣者請勿入內」。

「還有這種攤位啊？」

「這所學校也有人是以騎士或士兵為志願。不只是冒險者，騎士或士兵打倒魔物或動物後也要肢解。雖然這跟普通學生無關，還是有學生需要這種技術。」

有時候需要就地取得食材，所以騎士或士兵確實需要肢解技術。

「也就是說，我們能在裡面觀摩或體驗肢解的過程嗎？」

「是呀，不過肢解的過程沒有什麼好看的，我們去別的地方吧。」

「我想看！」

修莉舉手說道。

堤莉亞驚訝地看著修莉。

最近修莉會跟菲娜一起肢解，或許是因為如此，她才會感興趣吧。

「可是，那是魔物或動物的肢解喔。像修莉這樣的孩子去看也不會覺得好玩的。看過之後可能會不敢吃肉呢。」

是啊，一般人都會這麼想。

堤莉亞試圖說服修莉，菲娜開口說道：

「我也有點想看。」

「為什麼？看起來很不舒服喔。」

「堤莉亞，妳不用擔心她們兩個。她們有肢解過魔物和動物。」

真要說的話，我比她們還怕。我到現在還是不敢肢解。

「真的嗎？」

「是的，所以我想盡量多學一點。」

「真要說的話，諾雅和堤莉亞應該比較會怕吧？」

我會狩獵魔物或動物，所以已經免疫了，但兩位千金小姐可能無法承受。

「我沒關係。既然菲娜和修莉想去，我會一起去的。」

「不要勉強喔。但如果是遠遠地看，我想應該沒問題。」

聽到諾雅說要去，堤莉亞也無法拒絕，於是我們決定觀摩肢解的過程。

堤莉亞對櫃檯的男學生說道：

「就是這麼回事，我們可以進去嗎？」

聽到我們對話的男學生露出驚訝的表情。

「這麼小的女孩子真的會肢解？」

「會喔～」

修莉很有精神地回答。

也對，普通人的確不會有肢解的經驗，所以我能理解這個男學生的心情。男學生接著露出困擾的表情。

「我會負責的。」

「……我明白了。不過，如果有任何不適的感受，請馬上告訴我們。」

「萬一有什麼狀況，我會馬上帶她們出來。」

堤莉亞向男學生這麼保證。

「那麼，肢解的現場示範快要開始了，請入內等待。」

我們進到內部，裡面已經有約二十個人了。有些是穿著制服的學生，也有一般民眾。這是一種攤位，但或許更類似發表會吧？有學生會表演劍術，這裡應該就是表演肢解技術吧？

「人數比想像中少呢。」

「是呀，因為很少有學生會想要認真地肢解。而且如果還有自己的攤位要顧，有些人在時間上也不方便過來，這樣一想就會覺得人數已經夠多了。」

這麼說好像也有道理。

前方擺著一張大桌子，修莉想要跑到最前方。我趕緊抓住修莉的手。

「優奈姊姊？」

「不可以插隊喔。」

「可是，不去前面就看不到了。」

桌子前方已經被其他參觀者占據。以修莉的身高，看不到前面的東西。就算如此，晚來的人還是不可以插隊。

「這裡有臺階喔。」

堤莉亞發現現場擺著臺階。

看來是為了讓後方的客人也能看到示範，主辦方特地準備了臺階。

站到臺階上就能清楚看到桌面了。桌子前方有學生和一身冒險者裝扮的男性與女性。我和冒險者四目相交。

「傑德先生？」

「優奈？」

「優奈？」

在魔偶事件幫助過我的傑德先生與梅爾小姐出現在這裡。

「傑德先生和梅爾小姐怎麼會在這裡？」

「我才想問妳呢。我們是被委託來輔助學生進行肢解的。」

「輔助？」

「主要是由學生來肢解，我們則從旁幫忙。那妳呢？」

「我是來校慶玩的。」

桌子旁的傑德先生突然跟我聊了起來，於是大家的視線都集中到我們身上，紛紛說著「熊？」之類的話。傑德先生害我又引人注目了，雖然我一直都這樣。

「等一下再聊吧。」

我也贊成這麼做。

傑德先生從道具袋中取出野狼。然後，學生開始進行肢解。肢解開始後就沒有人繼續看我了。

「優奈小姐，妳認識那位冒險者嗎？」

「我們以前有一起工作過。」

我回答諾雅的問題。

真沒想到會在這種地方遇到傑德先生和梅爾小姐。我沒有看到其他成員——托亞和瑟妮雅小姐。

這裡似乎只有傑德先生和梅爾小姐兩個人。

學生按照傑德先生的指示進行肢解。學生緩慢而仔細地剝除野狼的毛皮。菲娜和修莉認真地看著肢解過程，堤莉亞和諾雅則走下臺階，刻意別開了目光。雖然對菲娜和修莉不好意思，我也走下臺階。

這時候，梅爾小姐來到我身邊，抱住了我。

「優奈，好久不見。妳還是一樣打扮成熊的樣子呢。」

梅爾小姐觸摸熊熊服裝。請不要這樣亂摸。

「梅爾小姐不用去輔助學生肢解嗎？」

「有傑德在，沒問題的。對了，妳是跟這些孩子一起來逛校慶的嗎？」

梅爾小姐看著菲娜等人。她看到堤莉亞也不驚訝，似乎不知道她是公主殿下。

「是這所學校的學生邀請我們來的。」

「妳帶來的孩子都好可愛喔。」

梅爾小姐看著菲娜、修莉、諾雅、堤莉亞。

這一點我不否認，大家確實很可愛。

「不過，妳們怎麼會來這裡？肢解不適合女孩子看呢。校慶應該還有很多其他攤位可以逛吧？」

「因為那邊的兩個孩子想看。」

我望向站在臺階上的菲娜和修莉。她們倆都用認真的眼神看著肢解過程。

「啊啊，那麼切的話……」

「不行啦，毛皮會破洞的。」

「那麼用力的話……」

「毛皮會……」

「要切得更漂亮才行。」

「啊啊……」

她們正在批評學生肢解的手法。

因為聲音很小，我想正在肢解的學生應該聽不到。要是對方聽見了，可能會覺得被挑釁了。

「真是有趣的孩子呢。那個學生的技術雖然不算好，但也不差。能做到那種程度，冒險者公會就願意收購了。」

梅爾小姐幫肢解的學生說話。

「啊啊，肉會……」

「好浪費喔。」

比起肢解過程，看菲娜她們的反應還比較有趣。

「她們好像在說什麼驚人的話呢。」

「姊姊從小就在冒險者公會做肢解的工作，技術非常好，最近連妹妹也開始做了。」

我打倒的魔物和動物幾乎都是她們倆在肢解。因此，我甚至幫修莉準備了祕銀小刀。

「所以她們才會對肢解有興趣，來這個攤位觀摩。」

「可是好像沒有什麼幫助呢。」

「啊啊，那麼切的話……」

菲娜好像很想衝上臺。

學生仍然繼續肢解，完成了整個肢解過程。

菲娜和修莉從臺階上走下來，回到我們身邊。

「怎麼樣？」

「那樣不行。」

「嗯，姊姊比較厲害。」

我不懂學生的肢解技術，但似乎不符合姊妹倆的標準。

由此可知菲娜的肢解技術有多好。

283 熊熊重新得知菲娜的肢解技術有多好

「菲娜好像沒有學到東西呢。」

「……是的，爸爸和公會的大家比較厲害。」

「不能拿正職人士來比啦。」

學生學習肢解的同時，還要兼顧課業，拿他們跟每天靠這份工作賺錢的人相比，未免太可憐了。而且菲娜或許已經肢解過幾百甚至上千隻魔物，跟學生擁有的經驗是天壤之別，把兩者拿來比較就太嚴苛了。

「呃，妳叫做菲娜吧。真的有那麼差嗎？」

梅爾小姐這麼詢問批評學生的菲娜。

「呃……」

菲娜被梅爾小姐搭話，露出困擾的表情。對了，菲娜好像是第一次見到她吧？承接狩獵虎狼的委託時，她們有見過面，但菲娜好像不記得了。不過，要是那麼短的時間就能記住，反而有點恐怖呢。

而且梅爾小姐似乎也不記得了。

「我叫做梅爾，和優奈算是工作上的同伴吧？話說回來，那些學生確實不算厲害，但從菲娜的眼裡看來，真的有那麼差嗎？」

「是，做法會根據打倒的方式而不同。例如用劍打倒的魔物，切割的時候一定要從劍砍過的地方下刀。不這麼做的話，毛皮就會有兩個切口，那樣一來就會拉低價格，所以從劍砍過的地方開始切是最好的。從腹部開始切當然也對，但會降低價格……」

聽過菲娜的說明，我就懂了。破洞的確是愈少愈好。在經歷多次攻擊，毛皮有許多傷口的情況下，價格就會大幅降低。所以，聽說我一擊打倒的野狼可以賣到高價。

「如果是用魔法打倒，也要從傷口開始切，總之要盡量維持原狀，這麼一來就可以賣到比較好的價格。」

菲娜的說明讓梅爾小姐很驚訝，我也很驚訝，原來菲娜肢解時會考慮這種事啊。我給菲娜的薪水該不會太低了吧？

我沒有賣掉菲娜肢解的東西，原來她肢解得這麼細心。我是不是應該幫菲娜加薪呢？可是，菲娜和堤露米娜小姐都說跟以前一樣就行了。

梅爾小姐佩服地聽著菲娜的說明時，連修莉也加入戰局了。

「而且，切肉的速度太慢了啦。爸爸說那樣會讓肉壞掉。」

連修莉都這麼批評，她似乎也覺得肢解得不好。竟然有能力判斷，她真厲害。這也是因為她經常看菲娜肢解的關係嗎？

觀察是很重要的。人家總說專家要從觀察中學習。

可是，修莉才七歲。這是多虧了菲娜和根茲先生的菁英教育，不是因為我吧？

「妳們兩個真厲害。」

「因為我們常常肢解優奈姊姊打倒的魔物，所以才學到這些。」

咦，是因為我嗎？

我剛剛才在心中否認了說。

「我已經肢解了幾百隻野狼，也有時候會肢解虎狼和黑虎。」

「優奈，妳還叫這兩個孩子做那種事呀？」

呃，是的，沒錯。

「難道連黑蝰蛇也是？」

「是的，我有去幫忙。」

對了，梅爾小姐知道黑蝰蛇的事呢。

「真厲害，普通人可不會有那種經驗呢。」

「這全都是託優奈姊姊的福。」

幸好我還沒有請菲娜肢解雞蛇。

我不知道雞蛇在這個世界的定位，無法下定論，不過一定是跟黑虎差不多珍貴的魔物吧？

雞蛇有毒，所以我目前不打算委託菲娜肢解，但她會肢解雞蛇嗎？

如果要委託她的話，應該要請根茲先生也到場吧？

「既然如此，菲娜，妳可以示範給大家看嗎？」

「示範嗎？」

「嗯，像菲娜這麼小的女孩子會肢解，應該可以激勵大家。可以拜託妳嗎？」

「可是……像我這種……」

菲娜試圖婉拒。

「菲娜，妳就去吧。」

「優奈姊姊？」

「我也想看看菲娜肢解的樣子。」

聽到對話的諾雅也贊成。

「妳看，體驗活動要開始了。」

桌面已經整理乾淨，放上了新的野狼。

「有沒有人想試試看？大家都是第一次，要不要輕鬆地體驗看看呢？」

傑德先生向眾人喊道，但沒有人舉手。有興趣跟實際動手是兩回事。看過菲娜肢解的樣子後，我也曾想要試試看，可是我依舊辦不到。

每個人都有擅長和不擅長的事，我沒有肢解的天分。

「妳看，沒有人想試。」

梅爾小姐推著菲娜的背，想要把她帶到桌前。

「優奈姊姊！」

菲娜的眼神就像與父母分離的小孩，向我尋求幫助。不過，我決定見證菲娜的成長。

「妳去試試看吧。」

聽到我這麼說，菲娜稍微思考了一下，然後輕輕點頭。

菲娜被梅爾小姐帶到桌子前。於是，所有參觀者的視線都集中到菲娜身上。

「梅爾，這孩子是？」

「應該是優奈的朋友吧？她好像很擅長肢解，所以我請她示範給大家看。算是證明小女孩也能肢解吧？」

「姊姊，加油。」

「菲娜，加油。」

修莉和諾雅出聲打氣。

「優奈，菲娜真的會肢解嗎？她還那麼小。」

我身旁的堤莉亞不放心地看著菲娜。

「菲娜從小就開始肢解了，沒問題的。她的肢解技術很好，我可以保證。」

菲娜站到桌子前，然後從道具袋裡拿出類似圍裙的東西，防止衣服弄髒。

「這麼小的孩子要肢解？」「她可以嗎？」「一般來說辦不到。」「連我都會遲疑了。」

周圍的人議論紛紛的聲音傳進我耳裡。每個人都抱持否定的態度。像菲娜這麼小的女孩子會肢解，果然是很稀奇的事。

「那麼，妳可以開始了。」

傑德先生想拿刀給菲娜，但菲娜婉拒，從道具袋裡拿出自己長年愛用的小刀。菲娜拿出的小刀不是我送給她的祕銀小刀，而是戈德先生給她的肢解用小刀。我很少看到菲娜這麼有幹勁的樣子。

「那麼，我要開始了。」

菲娜說完，首先開始觀察野狼。找到野狼身上的傷口後，菲娜從此處下刀，一口氣開始肢解。她漂亮地剝除毛皮，把各個部位的肉切開。她用刀的動作十分乾脆，切得很流暢。觀眾的眼神都漸漸認真起來，注視著菲娜肢解的手法。「好厲害」、「好快」、「真漂亮」、「這女孩究竟是什麼人？」、「毛皮已經剝好了呢」等讚美菲娜的聲音從觀眾口中傳出。

聽到自己引以為傲的姊姊受人稱讚，我身旁的修莉露出開心的神情。見到菲娜不為人知的一面，諾雅很驚訝。諾雅雖然知道菲娜會肢解，卻是第一次親眼見到她肢解的樣子。

菲娜繼續肢解，花的時間不到剛才那名學生的一半就結束了。而且，成品很完美。

「真厲害，我無可挑剔。」

得到傑德先生的讚賞，菲娜很高興。

在菲娜之前肢解的學生開始向菲娜請教各種問題，菲娜也一臉害羞地開始說明。

「跟我比起來，她或許能說明得更好。」

傑德先生準備了另一隻野狼，這次拜託菲娜慢慢說明肢解的手法。就連學生也拜託她指導。

菲娜露出害羞的表情，慢慢說明肢解的方法。

「一口氣施力才能切得漂亮。要是猶豫，就會不夠俐落。花太多時間可能會使肉腐爛，所以切的時候請不要猶豫。不過，如果真的要學肢解，最好能不斷練習，讓身體記住。我以前做得不好，經常挨罵呢。」

菲娜也不是一開始就辦得到。為了保護生病的母親和年幼的妹妹，她應該用那副嬌小的身體練習了好幾次吧。根茲先生也一直扶持著她。當時的她或許只有這條路可走，但這肯定不是能輕易習得的技術。

我正在思考關於菲娜的事時，她繼續傳授肢解技術。修莉也在中途加入，讓大家更驚訝了。來觀摩的學生們也跟著菲娜的解說開始進行肢解。他們一開始很緊張，但看到比自己小的女孩子都辦到了，讓他們也拿出勇氣動手做。

結束野狼的肢解後，菲娜接著說明如何肢解獨角兔。

傑德先生離開菲娜，走到我面前。

「那女孩真厲害，肢解的手法很熟練，值得學習。」

「她大概比我還要厲害吧。」

「梅爾，妳總是叫我或托亞來做，技術才會這麼差。」

「因為我不想弄髒嘛。」

瑟妮雅小姐很擅長用小刀，或許也擅長肢解吧？

戰鬥和肢解是兩回事，但我能想像她用小刀迅速肢解的模樣。

傑德先生和梅爾小姐正在對話的時候，菲娜講解的獨角兔肢解課結束了。

大家熱烈鼓掌，使菲娜一臉羞澀。

肢解實習就這麼結束，參觀者紛紛離開。

菲娜正在跟肢解攤位的主辦學生討論。

「學生們都學到了一課。知道那麼小的孩子也能精通肢解技術，應該能讓他們奮發向上吧。」

順帶一提，肢解後的肉好像會交給賣串燒的攤位。為了避免浪費，學生都考慮得很周全呢。

「那麼，我們也該走了。」

「嗯，謝謝妳們。」

「菲娜，謝謝妳。」

「不會，我好像搶走了兩位的工作，不好意思。」

「呵呵，妳不必道歉啦。是我們主動拜託妳的，很抱歉沒有東西能答謝妳。」

「不會，我也覺得很開心。」

我們向傑德先生和梅爾小姐道別。

283 熊熊重新得知菲娜的肢解技術有多好

284 熊熊發現自己沒有時尚品味

菲娜的肢解課堂結束後，我們重新開始參觀校慶。我們走著走著，有人拉了我的熊熊服裝。

「優奈姊姊，我肚子餓了。」

修莉摸著自己的小肚子，表現出肚子餓的樣子。

「說得也是。」

堤莉亞贊同修莉所說的話，諾雅和菲娜也點點頭。

雖然才剛看過肢解，但她們似乎依舊有食慾。諾雅也沒問題，讓我很意外。

「那麼，要不要找地方吃飯？」

「要～」

「好的。」

我一提議，大家都給了正面回應。

「那麼，要回到希雅大人那裡嗎？」

「嗯～距離這裡有點遠呢。我記得那裡也有賣食物的店，去那裡看看吧。」

堤莉亞回答菲娜的問題，帶我們前往最近的餐飲店。有嚮導真方便，雖然我覺得請公主殿下帶路好像不太好。

堤莉亞帶著我們來到賣食物的攤位，但到處都是人山人海。

「大家想的事好像都一樣呢。」

避開尖峰時段應該就會有空位，但到處走動又肢解了魔物的菲娜似乎累了。我想找個地方讓她吃飯，好好休息。

不過放眼望去，沒有一個地方能馬上買到食物。如果是用餐的桌子，還有地方是空著的。

「我的道具袋裡有食物，可以不必去攤位買，大家覺得呢？」

不必勉強在攤位買，熊熊箱裡隨時都放著大量的食物。

「我想吃披薩！」

「啊，我也贊成。」

對於我的提議，修莉和諾雅舉手附和。

「不吃校慶的食物也沒關係嗎？」

「嗯，我最喜歡優奈姊姊的披薩了。」

「謝謝誇獎。」

我撫摸修莉的頭。

「菲娜和堤莉亞也可以嗎？」

「是，當然可以。」

「我也可以喔。」

我們移動到空著的桌子，確保座位。然後，我把披薩、莫琳小姐做的麵包、安絲煮的熱湯擺到桌上，最後再拿出冰涼的果汁。

「好豐盛喔。」

「是嗎？」

跟其他桌相比，或許確實很豐盛吧。

「那麼，大家盡量吃吧。我還有很多，想吃就告訴我。」

「「「「是，我要開動了。」」」」

大家各自伸手去拿想吃的東西。

「堤莉亞是第一次吃披薩嗎？」

「賽雷夫有做給我吃一次。」

我以前有給賽雷夫先生幾塊起司，大概是用那些起司做的吧？

「可是，優奈的披薩比較好吃。」

堤莉亞吃得津津有味。

「我是很高興，但不可以對賽雷夫先生這麼說喔。」

我拿出的披薩馬上就被吃光，莫琳小姐的麵包和安絲的湯也很快就沒了。

「吃得好撐喔。」

「我也是。」

諾雅和堤莉亞都吃太多了，明明不用吃得那麼急的。吃太多對身體不好。

菲娜很客氣地吃著，修莉則慢慢吃著自己想吃的東西。

「休息一下就沒事了。」

「優奈小姐，請給我飲料。」

「拿去吧。喝太多也會讓肚子不舒服，適可而止喔。」

我替諾雅倒了一杯果汁。話說回來，大家都把我拿出來的料理吃得乾乾淨淨，讓我很高興。

我想早點重新開始逛校慶，但還是喝著果汁等待兩人恢復行動力。

因為我在吃飯的期間也會聽到「熊？」、「啊，是剛才的熊」、「堤莉亞大人跟熊在一起耶」等低語。

而且還有人說「堤莉亞大人吃的東西是什麼？」、「哪裡有賣？」、「好像很好吃」、「我們去找吧」，出發去到處尋找攤販。我總不能特地對周圍大喊「這些是我帶來的食物啦」，所以只能視而不見。就算別人找不到，那也不是我的錯，這只能怪別人自己誤會。

經過一段飯後休息，兩人終於能繼續走動了，所以我帶著菲娜等人逃離現場。話說回來，可能是因為有堤莉亞在，沒有人來騷擾我們，真是幫了大忙。我偶爾會被小孩子抱住，但沒有遇上

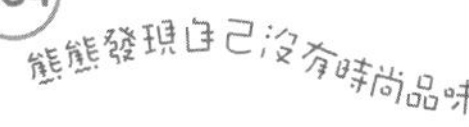

什麼大麻煩。

「啊，菲娜，妳這裡弄髒了。」

我們走在路上，諾雅突然指著菲娜的裙子這麼說。諾雅指的地方的確有汙漬。

「可能是肢解的時候沾到的吧。」

菲娜明明有穿圍裙，好像還是弄髒了。

「要換衣服嗎？」

「不用了，這點小汙漬沒關係。」

嗯～穿著沾有魔物血漬的衣服，感覺應該很討厭。菲娜不喜歡給他人添麻煩，我想她大概是在顧慮我們吧。

不過，我想幫她解決這個問題。

「啊，對了，我有個好主意。我們去那裡吧。」

堤莉亞看到菲娜的衣服，似乎想到了什麼。她什麼也沒說，抓起菲娜的手便往前走。

「堤莉亞大人！」

「走這邊，大家也跟我來吧。」

「堤莉亞大人，我會好好跟上的，請不要拉著我。」

菲娜被堤莉亞帶走，嘴裡這麼說著不情願的話。為了避免菲娜逃走，堤莉亞緊抓著她的手不放，菲娜被公主殿下抓住手，緊張得心臟都要跳出來了。

「堤莉亞，妳要去哪裡？」

「祕密。別急，去了就知道了。」

看來她不打算說出目的地。堤莉亞筆直走進校舍內。就連教室裡也有攤位。雖然我也想逛逛這些攤位，堤莉亞卻略過所有教室，直接走向目的地，所以我們無法停下來參觀。

我們默默地跟在堤莉亞身後。

「就在前面不遠的教室。」

堤莉亞走了一段路，在一間教室前停下來。我們往內一看，發現裡面掛著各式各樣的衣服。

「哇，有好多可愛的衣服喔。」

這裡似乎是賣衣服的地方。

「雖然是學生做的，但大家都在說這裡有很可愛的衣服喔。布料的品質不錯，價格卻很親民呢。」

我很好奇身為王室成員的堤莉亞所謂的親民價格到底是多少錢。

不過，既然是用品質好的布料，有點小貴也沒辦法。機會難得，買件衣服給菲娜和修莉或許也不錯。

「為了感謝菲娜讓我觀摩精湛的肢解技術，我想送一件衣服當作謝禮。」

我正打算買衣服給菲娜的時候，堤莉亞主動表示想送禮。

可是，菲娜對堤莉亞所說的話露出驚訝的表情。也對，聽說公主殿下要送衣服給自己，普通

人都會感到驚訝吧。

「我、我的衣服洗過就沒事了，所以……」

菲娜試圖拒絕，堤莉亞卻不允許。

「呵呵，妳不用這麼客氣啦。為了感謝妳讓我觀摩精湛的肢解技術，妳可以選自己喜歡的衣服喔。不，還是讓我選一件適合妳的衣服吧。」

堤莉亞拉著菲娜的手，往教室裡走去。菲娜用求助的眼神看著我。我能理解菲娜的心情，但我也不忍心讓她穿著髒衣服繼續逛校慶，所以我贊成買衣服。

「既然這樣，我買給菲娜好了。」

「優奈姊姊？」

「不行，我就是要送禮物給菲娜。」

如果菲娜不好意思收下堤莉亞買的衣服，由我來買就行了。

堤莉亞抱住菲娜，不讓我搶走她。

被抱住的菲娜帶著不知所措的表情交互看著我和堤莉亞。

「好好喔，只有姊姊有衣服。人家也想要。」

「呵呵，放心吧，我也會送給修莉的。」

堤莉亞這句話讓修莉很高興。

「既然這樣，我也替自己買一件衣服好了。」

諾雅也這麼說道。

「那麼，我們進去裡面吧。站在這種地方會擋到其他人的。」

堤莉亞抓著菲娜和修莉的手，走進教室。諾雅和我跟在她們後面。

我們一走進教室，幾個女學生便注意到堤莉亞，朝她跑過來。

「堤莉亞大人，您怎麼會來我們這種店呢？」

女學生雖然很在意我，還是先對堤莉亞打了招呼。

「我想在這裡逛一下。」

「不嫌棄的話，請儘管逛。」

女學生非常高興。

「謝謝妳們。」

教室裡掛著各式各樣的衣服，全部都是那些女學生親手做的嗎？

「呵呵，哪一件比較適合菲娜呢？」

堤莉亞牽著菲娜的手，走到掛著許多看起來很適合菲娜的衣服的區域。菲娜不敢甩開她的手，用流浪狗般的表情看著我。可是，我也想看菲娜穿上可愛服裝的樣子。

「妳試穿之後要給我看喔。」

「既然這樣，優奈姊姊也穿吧。」

「真是個好主意。雖然熊熊服裝很可愛，但我也想看優奈穿便服的樣子。」

我鄭重地拒絕了這個提議。

因為我就算買了衣服也沒機會穿，只會浪費。

有需要再買就好了。

而且我雖然是在逛校慶，但也要護衛大家的安全，不能脫掉熊熊裝備。

「我也好想看優奈穿普通衣服的樣子喔。」

堤莉亞一臉遺憾，但我只能請她放棄。

然後，我們開始挑選菲娜她們的衣服，幾個女學生也跟我們一起挑選。「這件很適合她」、「這件也不錯」、「這件也很可愛」、「這孩子比較適合這件」等女孩間的談話傳進我的耳裡。

身為一個前家裡蹲，我實在無法融入她們。她們好有女性魅力。就算穿著熊熊裝備，我也無法融入這個空間。在這個女孩空間之中，連外掛般的熊熊裝備都無能為力，我能做的事只有看著她們三人，同時小心別被捲入。

菲娜用求助的眼神看著我，但我無法阻止現在的堤莉亞。如果菲娜被魔物包圍，我會衝進去救她，但我並不具備將她從女孩空間中救出的能力。

原諒無能的我吧——我在心中對菲娜道歉。

然後，名為試穿的三人時裝秀開始了。

每次試穿完畢的三人從更衣室走出來，堤莉亞和女學生們就會發表評論，同樣的事情不斷重複。「好可愛。」「咦，剛才那件比較好吧？」「這孩子最適合這件。」「這個髮飾比較適合搭這件啦。」「跟這個飾品或許不搭呢。」「這孩子的髮型應該搭這件。」「這孩子的金色長髮適合這件衣服吧？」

把在校慶拿到的飾品也考慮在內，仔細思考是否適合、怎麼搭配比較好就是堤莉亞和這些女學生們的厲害之處，我絕對做不到。

以我來看，只會心想「呃，哪裡不一樣？」、「有那麼糟糕嗎？」、「我覺得滿適合的啊」，感到一頭霧水。

「優奈覺得哪一件比較適合？」

堤莉亞問我的意見，但我覺得每一件衣服都很可愛。我的評語頂多只有「三個人都很可愛」，除此之外就沒有其他意見了。我也有自知之明，但我真的這麼沒有女性魅力嗎？雖然我會做料理和各種家事，卻現在才發現自己沒有時尚品味。

然後，經過幾次換裝，堤莉亞決定了菲娜和修莉的衣服。諾雅聆聽堤莉亞的意見，自己選了衣服。

「三個人都很可愛。」

我不知道自己在內心還有嘴巴上說過多少次同樣的話了。我有種讚美和歉意說太多次後變得

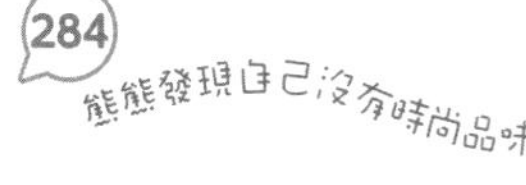

廉價的感覺，有點理解對女生的衣服發表感想的男生是什麼心情了。

「嗚嗚，我真的可以收下這麼可愛的衣服嗎？」

菲娜看著自己的打扮，這麼說道。

她穿著跟平常不一樣的衣服，很有新鮮感。

「堤莉亞大人，我也可以收下衣服嗎？」

「只買給她們倆，卻不買給諾雅就太不公平了。而且希雅也很照顧我嘛。」

諾雅本來想自己買衣服，堤莉亞卻幫她買了下來。

三人對堤莉亞道謝，走出店門口。

時裝秀似乎順利結束了。

明明不是挑選自己的衣服，我卻覺得這比跟魔物戰鬥還要累。

285 熊熊结束校慶第一天

換上堤莉亞買的衣服後，菲娜似乎很難為情。我對她說了好幾次「很適合妳啊，別擔心」，但好像沒有效果。

不過，換掉因肢解而弄髒的衣服，就可以繼續盡情地逛校慶了。

因為堤莉亞買了衣服，所以我買了一起販售的手帕，送給三個女孩。

我本來請她們自由挑選，諾雅卻說「請優奈小姐來選吧」，其他兩人也點頭附和。我沒什麼品味，所以不太想挑，但還是選了我認為適合她們三個人的手帕作為禮物。

三人都笑著收下了，但考慮到剛才挑選衣服的過程，我漸漸開始擔心她們是否真的高興。不過，最容易把心情寫在臉上的修莉都那麼高興了，應該沒問題吧？

後來，我們順勢逛起校舍裡的攤位。

「這裡好像會替人畫畫呢。」

入口寫著「肖像畫」，牆壁上貼著作為參考的肖像畫，畫得非常好。

「要不要請人家幫我們畫畫？」

「真是好主意，難得穿上漂亮的衣服嘛。我去裡面問一下。」

堤莉亞走進教室，又馬上走出來。

「人家說可以畫喔。」

我們走進教室，裡面有幾名學生，他們是美術社的社員嗎？現在沒有其他客人在，我們來的時機很剛好。

「要輪流請人畫嗎？」

菲娜等人面面相覷。

「我希望大家可以被畫在一起。」

「說得也是，那就請人家把我們畫在一起吧。」

菲娜、修莉、諾雅坐到學生準備的椅子上。

我在遠處看著她們，堤莉亞便拉起我的手。

「我們也要去喔。」

「我不用了啦。」

「我希望優奈姊姊也一起來。」

「對呀，我也希望優奈小姐一起來。」

「優奈姊姊，一起來嘛。」

三人走到我面前，抓住我的手，把我拉過去。我不忍心甩開她們，跟她們一起當模特兒。

菲娜、修莉、諾雅三個人坐在椅子上，我和堤莉亞則站在後方。

雖然有點難為情，但有一張紀念畫好像也不錯。

於是，學生的巧手畫出一張充滿回憶的肖像畫。

順帶一提，人家叫我拿掉熊熊兜帽，但我拒絕了。

「我真的可以收下嗎？」

「當然，如果是優奈小姐家，我們隨時都可以去玩。如果優奈小姐願意掛起這幅畫，我們會很高興的。」

菲娜和修莉點頭附和。堤莉亞也把機會讓給了我。

我看著畫。畫裡的大家臉上都掛著笑容，每個人都穿著漂亮的衣服，只有我穿著熊熊服裝，好丟臉。可是看著這幅畫，我就覺得有點高興。這應該會是一次珍貴的回憶，雖然令人害臊，但幸好有請人畫下來。

我後來還買了畫框。畫框似乎也是學生做的。

於是，校慶第一天宣告結束。每個攤位都開始收拾東西，來賓也紛紛踏上歸途。

我們本來想回希雅等人的攤位一趟，但擔心會妨礙他們收拾，於是決定先回去。

「我會去跟他們說一聲的。」

要留在學校的堤莉亞會把我們的事轉達給希雅。

「堤莉亞，今天真謝謝妳。」

「堤莉亞大人，謝謝您送衣服給我。」

「公主殿下，謝謝。」

「堤莉亞大人，謝謝您。」

菲娜等人這麼道謝。

「我也玩得很開心，不客氣。」

堤莉亞對三個女孩微笑。

「啊，對了，妳真的想要熊熊布偶嗎？」

我不知道什麼時候會再見到堤莉亞。雖然也可以請芙蘿拉公主轉交，但現在就給她比較快。

「我當然想要了。」

我從熊熊箱裡取出熊緩布偶和熊急布偶，交給堤莉亞。

「妳要珍惜它們喔，我會偶爾向王妃殿下打聽的。」

要是拿它們來當投擲小刀的標靶，我會哭的。

「我一定會珍惜它們的。妳擔心的話，要不要收藏在王宮的寶物庫？」

「那樣太可憐了，不要啦。」

雖然我希望對方珍惜，但要是收藏在寶物庫，那也有點可憐。

「呵呵，開玩笑的啦。我會好好收在房間裡的。」

堤莉亞用雙手抱住布偶，往我們的反方向走去。

跟堤莉亞道別的我們回到艾蕾羅拉小姐的宅邸。因為菲娜等人穿的服裝跟出門時不同，史莉莉娜小姐嚇了一跳。不過經過說明，她就了解了。

「優奈大人倒是沒有換裝呢。」

史莉莉娜小姐露出失望的表情。為什麼呢？

後來，菲娜正打算清洗肢解時沾到汙漬的衣服，衣服就被史莉莉娜小姐搶走了。

「洗衣的工作請交給我吧。」

「可是……」

「這是我的工作。在這座宅邸的期間，菲娜大人就是客人。」

菲娜露出傷腦筋的表情。

「菲娜，今天就拜託人家吧。妳應該也不希望自己的工作被搶走吧？」

我倒是很希望有人能替我工作。菲娜的個性太認真了，什麼事都想自己做，雖然這就是菲娜的優點，但也可以說是不知變通。

「優奈姊姊……我知道了。史莉莉娜小姐，麻煩妳了。因為沾到的是血，清洗的方式……」

「菲娜大人，請別擔心，我會把它好好洗乾淨，請交給我吧。」

我們把洗衣的工作交給史莉莉娜小姐，回到房間。結果後來我們還是一直住在艾蕾羅拉小姐的宅邸。

回到房間的我們直到晚餐時間為止都在玩撲克牌，三個女孩似乎都很喜歡撲克牌。

「呵呵，我出水10。」

「那我出火4。」

「太好了，火3！」

三人開心地玩著排七。

我沒有參戰，而是躺在床上。雖然我的身體不累，但擁擠的人潮和眾多的視線都讓我的精神相當疲勞。

我在房間裡休息的時候，希雅走了進來。

「妳回來啦。」

「姊姊大人，歡迎回來。」

「我回來了……不對，優奈小姐，妳到底在校慶做了什麼！」

希雅好像在生氣，為什麼呢？

她一走進房裡便來到我所躺的床邊。

「我只是跟大家一起逛校慶而已啊。」

我從床上坐起身，尋求大家的同意。

要問我做了什麼，我只有這個答案。

「是的，優奈小姐只是跟我們一起逛校慶而已。」

「優奈姊姊一直跟我們在一起。」

「嗯。」

大家都附和我說的話。

我不知道希雅到底在生什麼氣，但這樣就能證明我的清白了吧？

希雅轉頭望向菲娜等人，對她們嘆氣。

「妳們的衣服和飾品是怎麼來的？看起來很漂亮。」

「衣服是堤莉亞大人買給我們的。」

光是這句話就讓希雅非常驚訝。可是，大家又繼續說道：

「這個髮飾是優奈姊姊給我的。」

「這個胸針是優奈小姐玩遊戲贏來的。」

「優奈姊姊送了手鍊給我。」

修莉擺出今天在校慶拿到的戰利品，諾雅和菲娜也同樣擺出在校慶拿到的戰利品。

「這是我自己拿到的喔。這是優奈姊姊贏來的。」

「另外，我也收到了花。」

三人驕傲地把自己或我贏得的獎品拿給希雅看。她們最後又突然想起了什麼，拿出我買給她們的手帕。這麼一看，數量還真多呢。大家都表現得很好呢。

希雅看到諾雅、菲娜、修莉高興地排列戰利品的樣子，再度嘆了一口氣。

「姊姊大人，妳怎麼了呢？」

「還問我怎麼了。妳們稍微想想，打扮成熊的女孩子贏走這麼多高級獎品，結果會怎麼樣？」

三人陷入沉思。

「當時的確掀起了不小的騷動呢。」

「可是，只要跟優奈姊姊走在一起，大家都會看她。」

「大家都會看。」

嗯，一如往常。

畢竟我穿著熊熊布偶裝，這也沒辦法。別人對熊議論紛紛已經是家常便飯了。其中還有些人以為這是校慶的其中一種表演，所以應該沒有引起什麼麻煩。

「優奈小姐的裝扮當然也是原因之一，但優奈小姐拿到的獎品全都是來自難度很高的攤位，打扮成熊的優奈小姐卻輕易過關了。」

嗯？重點是這個嗎？

引人注目的原因不是熊熊服裝，而是贏得獎品的事？

「優奈小姐能用小刀射中遠處標靶的中心，用球打中遠處的魔物演員，滾球也像是球自己動了起來一樣，而且還不只這些事呢。」

「為什麼妳會那麼清楚？」

簡直就像是親眼見過一樣。

「我們班上有人看到妳們。優奈小姐引起了話題，其他也有許多人說自己有看到妳，而且堤莉亞大人也在一起，又更引人注目了。」

這應該不能只怪我吧？有一半是堤莉亞這位公主的責任吧？

不過，第一次參觀校慶而興奮過頭的我確實也有錯。每次修莉叫著「優奈姊姊」，諾雅叫著「優奈小姐」仰望著央求，我就會忍不住拿出全力。

菲娜雖然不會自己說想要，我送禮物給她時，她還是會露出高興的表情。看到她們三個開心的樣子，我就忍不住想替她們贏得獎品。

我或許該自律點。

我向希雅保證明天不會再引人注目。

「對了，攤位的生意怎麼樣？」

在那之後，我們一次都沒有回到希雅的攤位，所以我有點好奇攤位的狀況。

「多虧優奈小姐替我們做的熊熊擺飾吸引了許多客人，業績比想像中更好。」

看來熊熊擺飾確實有吸引客人的作用，不枉費我做了它。

「因為客人會拿著棉花糖邊走邊吃，剛好能當作宣傳，使得人潮愈來愈多。」

「真是太好了。」

「是呀，可是卻有一個問題。」

「什麼問題？」

「因為熊熊擺飾的關係，大家都說我們的攤位是熊熊的店，所以有人要買棉花糖時會說『請給我熊熊點心』。招牌上明明就寫著棉花糖。」

我不知道該作何反應。

「可是生意也因此變好，所以我們不能有怨言。」

「要是你們覺得礙事，可以把它打壞沒關係。」

「不，它很有幫助，我們不會把它打壞的。只不過，下午的人潮愈來愈多，真的很辛苦。客人排起隊的話，就可能有人會因為插隊的問題而吵架，我們的手也很痠，有很多辛苦的事呢。」

「生意那麼好啊？」

「因為能做棉花糖的機器只有一臺，速度一直很慢，使得客人大排長龍。」

「既然這樣，我再借一臺給你們好了，難得大家都會做。」

兩個人一起做，排隊的人潮也會減少吧？

「真的嗎？那真是太好了。」

我把在孤兒院使用的棉花糖機交給希雅。

但願他們的負擔能因此減少。

直到晚餐時間為止，我和希雅也加入玩撲克牌的行列，平安無事地結束這一天。

於是，校慶進入第二天。

 新發表章節 

堤莉亞想見熊熊　其一

從學校回來的我前往妹妹——芙蘿拉的房間。年紀跟我有點差距的芙蘿拉很黏人，是個可愛的妹妹。

「芙蘿拉，我回來了。」

「姊姊大人，歡迎回來。」

芙蘿拉用笑容對我打招呼。可是，她平常總是會向我跑來，今天卻繼續坐在椅子上，看著攤開放在桌上的某種東西。

她到底在看什麼呢？

我靠近芙蘿拉，站在她後面一看。

熊？

紙上畫著圓滾滾的可愛熊熊圖案。

「芙蘿拉，妳在看什麼？」

「熊熊的繪本。」

熊熊的繪本？

空白的筆記本上畫著熊熊圖案，跟我所知的繪本有些不同。

「可以讓我也看看嗎？」

「嗯。」

經過芙蘿拉的同意，我接過看似繪本的書。

我看了第一頁的封面，上頭畫著可愛的熊熊和小女孩，標題寫著熊熊與少女，主角似乎是努力照顧生病母親的小女孩，內容是小女孩受到熊熊幫助的故事。

一般來說，熊也和野狼一樣是危險的動物。

可是，我覺得繪本的故事含有一點夢想也不錯。

「這本繪本是哪裡來的？」

圖案是畫在市售的筆記本上，肯定不是外面賣的繪本。

「這是熊熊畫給我的。」

「熊熊？」

我一頭霧水。熊畫了熊的繪本給她？

「嗯，熊熊。」

芙蘿拉帶著笑容回答。

「妳說的熊熊是什麼樣的熊熊？」

「熊熊很軟喔。」

嗯，我聽不懂。

日後，我向照顧芙蘿拉的安裘詢問關於熊的事，得到「打扮成可愛熊熊的女孩子」這樣的情報，讓我更疑惑了。

可愛熊熊是什麼意思？熊不是都很可怕嗎？

我的腦中浮現一個披著熊皮的女孩，是我誤會了嗎？

芙蘿拉似乎很喜歡「熊熊的繪本」，我每次去她的房間，她都在讀熊熊的繪本。而且，繪本在不知不覺間變成裝訂完整的繪本了。聽說有很多人想要這種熊熊繪本，所以才會複印。經過完整的裝訂，做好的繪本會分配給想要的人。

負責照顧芙蘿拉的安裘好像也有拿到。

「妳今天也在看繪本嗎？」

「這是新的繪本喔。」

新的繪本？

我一看，發現桌上放著跟我第一次見到的繪本相同的筆記本。

「該不會是熊熊來了吧？」

「嗯。」

我跟上次一樣，請芙蘿拉讓我看繪本。

內容接續上一集，描述了小女孩治好生病母親的故事。為了小女孩，熊熊找來了彩虹花的露水。

最後看到遍體鱗傷的熊熊出現在小女孩面前的時候，我的眼眶不禁泛淚。

真是個好故事。

話說回來，畫了這本繪本的熊熊女孩到底是何方神聖？

為什麼她要打扮成熊的樣子？

為什麼她能見到芙蘿拉？

芙蘿拉雖然年幼，好歹也是王室成員之一，普通人無法輕易見到她。可是，打扮成熊的女孩卻能進入芙蘿拉的房間。

我問安裘，她說「因為國王陛下准許」。

不只如此，熊熊女孩甚至獲得了自由進入城堡的許可。

謎題愈來愈多了。

關於這件事，我在用餐的時候問了父親大人。

「只要我們不主動傷害她就沒有危險，不必擔心。」

危險？又不是真正的熊。

「是呀，沒有危險喔。」

不只是父親大人，連母親大人都認識熊熊女孩。我很好奇對方是什麼樣的人。

光是聽芙蘿拉和安袞描述，我也一頭霧水。

可是，就算我問母親大人，母親大人也只說她是「很可愛的熊熊」，父親大人還說「她就是熊」。

我繼續詢問關於熊熊女孩的事，聽說她會帶食物過來。

聽到父親大人和母親大人吃了來路不明的女孩帶來的食物，我很驚訝。不過，這也就表示他們很信任那個熊熊女孩。

「慶祝我的誕辰時，妳不是有吃到一種甜點嗎？」

「我記得那叫做布丁吧，非常美味呢。」

賽雷夫料理長偶爾會做給我吃，非常美味。

「那就是那隻熊做的。」

父親大人說出令我難以置信的話。

「……真的嗎？」

我一直以為布丁是賽雷夫料理長做的，父親大人卻說是畫了繪本的熊熊女孩做的。

「沒錯，我有機會事先吃到，所以才決定在晚宴推出。」

「也就是說，您請王宮廚師以外的人做了誕辰晚宴的料理嗎？」

光是這件事就令我驚訝。

「妳不必擔心，那隻熊是艾蕾羅拉的熟人。」

「艾蕾羅拉？」

艾蕾羅拉是協助父親大人工作的女性貴族。父親大人很信任她，我也受過她不少照顧。

如果是艾蕾羅拉的熟人，或許真的沒問題。

「那麼，只要拜託艾蕾羅拉，就可以見到那個打扮成熊的女孩了嗎？」

她打扮成熊的樣子，擅長畫繪本，又會做布丁，所以我很想見見她。

「聽說她住在克里莫尼亞城，就算妳拜託也沒用。」

聽到父親大人這麼說，我開始回想克里莫尼亞城的位置。

好遠。

那不是我能一個人去見她的距離。既然我去不了，對方要過來也不容易。

「話說回來，她從那麼遠的地方特地送繪本過來嗎？」

搭馬車也很花時間，不過她似乎已經來了好幾次。

可是，大家所說的話出乎我的意料。

「這就不必擔心了，因為她有熊啊。」

「是呀，有熊在就沒問題了。」

「熊熊很可愛喔。」

因為有熊，所以能順利來到王都？我完全聽不懂。

堤莉亞想見熊熊　其一

我繼續質問詳細情形，這才聽說熊熊女孩似乎會召喚熊，她好像會騎著熊來到王都。打扮成熊的女孩騎著熊來王都？簡直莫名其妙。

我愈聽就愈搞不懂熊熊女孩到底是什麼樣的人。

她打扮成熊的樣子，很可愛，擅長做料理，會召喚熊，而且父親大人和母親大人都很信任她。

我問過哥哥，他說對方是「會妨礙工作的熊」，表情有點不悅。我又深入詢問，哥哥便說熊女孩一來，父親大人就會拋下工作，跑到芙蘿拉的房間找她。

我連在學校都想著熊熊女孩的事。某天，我聽到班上的馬力克斯等人說話的聲音。

「話說回來，優奈小姐真的很強耶。」

「嗯，要不是有優奈小姐在，我們可能已經死了。」

我聽到死亡之類的嚇人單字。

「發生什麼事了嗎？」

「堤莉亞大人？」

馬力克斯露出驚訝的表情。

「對不起，因為我聽到你們說『已經死了』之類的話。」

我一問才知道，他們是在說前幾天的實習訓練。

實習訓練是要前往稍遠村莊的訓練。訓練過程中必須自己思考，然後採取行動。可是，學校不能讓學生遭遇危險，所以會派護衛隨行。

基本上，護衛不會插嘴，只有在危險的時候會出手幫忙。

因為我是王室成員，所以不能參加這次的實習訓練。

「我害大家捲進危險的事，當時擔任護衛的冒險者救了我們。」

他們好像就是因此才能保住一命。

「你們是在說那個打扮成熊的女生嗎？」

待在附近的吉古德對我們這麼說道。

他剛才是不是說了「打扮成熊的」？

「要是敢瞧不起優奈小姐，就算是吉古德也不可原諒。」

「我知道啦。不過，我到現在還是不敢相信。那個打扮成熊的女生竟然能打倒黑虎。就算傑德先生那麼說，我還是半信半疑。」

他們又提到「打扮成熊的女生」了。

「不准說出去喔。」

「我知道。而且就算說了，也沒有人會相信啦。」

「請問一下，你們剛才說的『打扮成熊的女生』是指誰？」

我沒想到會在學校聽到關於熊熊女孩的傳聞。

我拜託馬力克斯等人詳細描述那個打扮成熊的女生。

馬力克斯和堤摩爾面面相覷，然後告訴了我。

「其實，我們參加實習訓練的時候，擔任護衛的人就是一個打扮成熊的女生。」

「你們說的那個女生是打扮成可愛熊熊的女孩子嗎？」

「堤莉亞大人也知道優奈小姐嗎？」

對了，我沒有問打扮成熊的女生叫什麼名字，早知道應該先問。要是有問，我就可以知道她和馬力克斯等人說的熊熊女孩是不是同一個人了。

「不，我也不清楚詳情。好像有個打扮成熊的女生偶爾會來城堡，所以我有點好奇。」

「有點難以說明呢。該怎麼說呢，她是很可愛的熊，摸起來很蓬鬆，軟綿綿的。」

「我妹妹也說了同樣的話。」

我還以為她穿著真正的熊皮，不過她的形象好像跟我心中的熊相距甚遠。

我從馬力克斯等人口中得到的情報是名字——優奈。而且她是能獨自打倒野狼群，甚至打倒黑虎的冒險者。

聽說這些事，我反而更疑惑了。

那個冒險者真的跟畫繪本、做布丁的女孩是同一個人嗎？

熊熊女孩的謎團又變得更加難解了。

堤莉亞想見熊熊 其二

從學校回來以後，我才知道今天熊熊女孩有來過城堡。

我又錯過跟熊熊見面的機會了。

她好像真的能自由進出城堡，甚至跟芙蘿拉見面。

「她今天來做什麼？」

我問芙蘿拉。她好像沒有拿到新的繪本。

「熊熊帶吃的來給我。」

這次好像是食物。

我問她吃了什麼，她用滿臉笑容回答「很甜，很好吃的東西」。

她到底吃了什麼呢？

而且，聽說父親大人和母親大人都有吃到。

日後，賽雷夫做了熊熊女孩教他的草莓蛋糕給我，非常好吃。

某天，我又去了芙蘿拉的房間，這次她在床上跟黑色與白色的某種東西說話。

「芙蘿拉，那是什麼？」

「熊熊！」

芙蘿拉把東西拿起來給我看。她手上的是黑色與白色的可愛熊熊布偶。

「妳怎麼會有這些布偶？」

「熊熊送給我的。」

我拿起白色的熊熊布偶。白色的熊很少見，普通的熊都偏深色。另一個熊熊布偶是黑色，和我所知的熊一樣。

繪本、食物，這次則是布偶。

那個女孩到底是什麼樣的人呢？

話說回來，她到底有多喜歡熊？

我愈來愈想見打扮成熊的女孩了。

而且這些熊熊布偶長得還真可愛。

「芙蘿拉，這一隻送給我吧。反正妳有兩隻，應該沒關係吧？」

我對芙蘿拉這麼一說，她的眼眶便開始湧出淚水。

「黑色熊熊和白色熊熊是不一樣的熊熊！」

芙蘿拉伸手搶回我手上的白熊布偶，然後抱緊它們，免得被我拿走。而且，她用快要哭出來的表情看著我。

「抱歉，我不會再亂拿了，妳別哭嘛。熊熊也是，對不起喔。」

我摸著芙蘿拉懷裡的熊熊布偶的頭，這麼道歉。

「真的不亂拿？」

「嗯，不亂拿。」

我這麼說，芙蘿拉便交互看著熊熊布偶和我。

「姊姊大人，這個借妳。」

芙蘿拉這麼說，把白色的熊熊布偶借給我。

「謝謝妳。」

我接過白熊布偶，芙蘿拉便告訴我它的名字。

「白色熊熊叫做熊急，黑色熊熊叫做熊緩。」

熊熊布偶似乎有名字。白熊叫做熊急，黑熊叫做熊緩，好可愛的名字。

芙蘿拉抱著黑熊布偶，高興地說著關於熊熊女孩的事。

我有一點嫉妒。

話說回來，妹妹每次見到熊熊女孩，就會更喜歡熊熊。

廚師、繪本作家、冒險者——打扮成熊的女孩有各式各樣的身分。她做的料理獲得賽雷夫的盛讚，她畫的繪本讓芙蘿拉愛不釋手，她身為冒險者的實力足以打倒黑虎。

我剛開始認為有可能是不同人，但馬力克斯等人描述的形象和我的家人描述的形象似乎是一

樣的，而且我不覺得同樣打扮成熊的女孩會有好幾個人。

她究竟是什麼樣的人呢？我愈來愈想見她了。

可是，我的願望遲遲沒有實現。

此後熊熊女孩似乎還有來過城堡幾次。聽說她帶了新的繪本來，還帶了像雲一樣的點心來。

雲是指天上的雲朵嗎？

聽說那種點心柔軟又甜蜜，非常好吃。

芙蘿拉和母親大人都說了同樣的話。

這次賽雷夫也沒有學到做法，所以不會做。

我一直沒有見到熊熊女孩，學校就開始忙著準備校慶了。

同班同學或是修一樣的選修課的人會在校慶推出攤位或表演。

某天，我聽到希雅等人的對話。我聽說希雅要跟卡特蕾亞、馬力克斯、提摩爾四個人一起開店。

「那麼，今天要在哪裡練習？」

「我們的家人都吃過，已經沒有人願意吃了。」

「再來就只剩同學和朋友了。」

「可是，我想在校慶讓他們大吃一驚。」

「既然這樣，我們只能自己吃了嗎？」

「丟棄食物是很不好的事。」

「但我實在是吃膩了。」

四人露出困擾的表情。

「你們四個人在說什麼呢？」

「堤莉亞大人？」

「你們在說校慶要賣的食物嗎？」

我聽說希雅等人要賣食物。

「是的，我們正在練習做校慶要賣的點心，卻試吃到膩了。我們也有請家人吃，但也已經到極限了。」

希雅等人覺得不該丟棄做好的點心，所以非常煩惱。

「既然如此，要不要讓我來吃呢？雖然我一個人可能吃不了多少。」

我對希雅等人做的點心也有興趣，於是自告奮勇。芙蘿拉和父親大人他們平常都能吃到美食，偶爾讓我獨享也沒關係吧。

四人稍微思考了一下，然後答應我的要求。

因為只有我一個人要試吃，所以希雅要在她家做點心。

「希雅，妳要請我吃什麼呢？」

「一種甜甜的美味點心。我馬上準備，請稍等一下。」

希雅從道具袋裡拿出奇妙的道具，放在桌上。

「這是什麼呢？」

「這是用來做點心的道具。」

「用這種東西能做出點心嗎？」

我從來沒有看過這種道具，實在不覺得這東西能做出點心。

接下來，希雅把瓶子和細細的木棒放在旁邊。

「那是粗砂糖嗎？」

粗砂糖可以用來製作點心。

「是的，材料只有這個。」

希雅把粗砂糖倒進道具的正中央。然後，她按下道具上的按鈕，中心部分便開始迴轉。接著，正中央的圓筒從上面的小洞噴出了細緻的絲線，希雅把細木棒放到道具中，做出畫圈的動作，細絲便纏繞到木棒上，變得像棉花似的。

然後，棉花變得跟人頭差不多大時，希雅關掉了道具。

「堤莉亞大人，完成了。」

希雅遞出點心，我接過它。

「這種點心叫什麼名字呢？」

「好像叫做棉花糖。它就跟名字一樣，像棉花般柔軟，一放進嘴裡就會融化。」

芙蘿拉說過的話閃過我的腦海——「像雲的點心」。希雅做的點心讓人聯想到雲朵。

「這要怎麼吃呢？」

「直接用嘴巴咬也可以，但這樣會讓臉黏黏的，所以您可以用手撕下來吃。」

我撕下一塊木棒上的棉花，觸感好軟。我把它放進嘴裡，棉花在口中瞬間融化，一股甜味擴散開來。這的確是糖，不過吃起來的口感難以形容。

沒想到光用粗砂糖就可以做出這麼不可思議的點心。

「光吃棉花糖容易膩，所以您可以搭配這些食物。」

希雅拿出飲料和鹹點心。

只吃棉花糖的確太甜了，沒辦法吃很多。

「街上的居民會賣這種點心嗎？」

我也有上街過，卻從來沒有看過這種點心。

「不，其他地方應該沒有在賣。」

「這麼說來，這種點心是……」

「是某個人教我們的。」

我知道誰會做雲一般的點心。而且，對方也認識希雅。

「妳該不會是指打扮成熊的女孩吧？」

聽到我這麼說，希雅的臉上浮現驚訝的表情。

「您早就知道了嗎？」

「我妹妹說她吃過像雲一樣的美味甜點，所以我才想說是不是這樣。」

「對喔，優奈小姐經常去拜訪芙蘿拉大人。」

「妳也知道嗎？」

「母親大人偶爾會跟我聊到。」

「希雅，妳會跟那個熊熊女孩見面嗎？除了那次的實習訓練以外，妳們還有見面？」

「我們沒有那麼常見面，她只是偶爾會來我家拜訪而已。」

原來她們的交情不僅限於當時的實習訓練。既然熊熊女孩是艾蕾羅拉的熟人，她也很有可能認識身為女兒的希雅。

希雅說她是在父親大人的誕辰初次見到熊熊女孩，此後也有再見過幾次面。

話說回來，熊熊女孩好像真的可以輕易來往克里莫尼亞和王都。

我正感到遺憾的時候，希雅對我說道：

「您想見優奈小姐嗎？」

「是呀，我妹妹很受她照顧，我也想見見大家口中的熊熊。不過，我就是見不到她。」

聽到我這麼說，希雅陷入沉思。

「……那個，優奈小姐應該會來參觀校慶。」

「妳是說真的嗎！」

「我邀請她跟我妹妹一起來，我想她應該會來。」

熊熊女孩會來參觀校慶。

終於有機會見到她了。

「希雅！妳能不能介紹那個打扮成熊的女孩給我認識呢？」

要是錯過這個機會，下次不知道什麼時候能見到她。

「我可以介紹優奈小姐給您認識，可是除非您答應我不嘲笑或輕視她，否則就算是堤莉亞大人，我也不會介紹的。」

希雅用筆直的眼神看著我。

「我保證絕對不會嘲笑她，也不會輕視她。」

希雅稍微思考了一下，然後說「一言為定喔」，答應介紹打扮成熊的女孩給我認識。

我向希雅道謝，並自願幫忙攤位的工作。雖然希雅說不需要，我還是想報答她。

終於能見到熊熊女孩了。

真期待校慶的到來。

新人冒險者去海邊 其一

今天辛他們要跟基爾先生一起練習，所以我一個人來到「熊熊食堂」。

這家餐廳也是優奈小姐的店，會供應海鮮料理。

海鮮跟河魚不同，種類豐富，有許多我不知道的東西。

第一次見到貝類的時候，我很驚訝，貝類的口感充滿彈性，味道也很鮮美。

「荷倫，歡迎光臨。」

在店裡工作的賽諾小姐向我打招呼。

我點了烤魚套餐。

「賽諾小姐，妳是從密利拉鎮來的吧？」

「對啊，怎麼了嗎？」

「其實，下次我們大家要一起去密利拉鎮。」

我們最近有去密利拉鎮的計畫。

多虧優奈小姐、露麗娜小姐與基爾先生指導了戰鬥方式，我們身為冒險者的實力變強了，現在已經不需要為生活煩惱。

而且，我們慢慢存了一筆錢，決定用這筆錢去密利拉鎮看海。

「我聽說賽諾小姐等人是受到優奈小姐的幫助才來的，請問是真的嗎？」

「妳只說對了一半。」

「……？」

「優奈邀請安絲來克里莫尼亞開店，而我們是跟著安絲一起過來的。」

「原來是這樣呀。」

「因為我們是跟著安絲過來的，本來想說應該能領到比較少的薪水，但優奈給的薪水卻比想像中還要多。住的地方是免費，早午晚餐也可以自由使用店裡的食材，所以連餐費都不用付。而且工作六天就能休假一天，沒有其他職場比這裡更好了。」

聽起來真的是如此。

「請問，優奈小姐是什麼樣的人呢？我總是受優奈小姐照顧，卻對她一無所知。」

「嗯～其實我們也什麼都不知道。我們不知道她有沒有家人，也不知道她為什麼要打扮成熊的樣子。」

「原來賽諾小姐也不知道呀。」

「不過，知道優奈很善良又很強就夠了。如果優奈有什麼困難，我一定會幫助她。」

「妳說得對，我也這麼想。」

「可是，優奈會有什麼煩惱嗎？她是一流的冒險者，錢又多到可以輕鬆開店。」

經賽諾小姐這麼一說，我好像真的沒有機會幫上優奈小姐的忙。

「對了，既然你們要去密利拉鎮，可以去安絲家的旅館住宿喔。」

「安絲小姐家的旅館嗎？」

「安絲～～」

賽諾小姐對廚房喊道。

「賽諾小姐，為什麼叫得這麼大聲？」

安絲小姐從廚房走了出來。

「聽說荷倫他們要去密利拉鎮，所以我想介紹妳家的旅館給他們。」

「荷倫，你們要去密利拉鎮嗎？」

「是的。」

「既然如此，我可以寫一封信給爸爸，請他算你們便宜一點。」

「真的可以嗎？」

「嗯，你們常常來這裡吃飯，而且才剛當上冒險者，用錢要節省一點吧？」

「是沒錯……」

但我們還有一點存款。

「而且既然是要去我的故鄉，就讓我招待一下吧。」

我稍微思考了一下，決定接受安絲小姐的好意。

「安絲小姐，謝謝妳。那就麻煩妳了。」

安絲小姐替我寫了一封信，我真的很感謝她。能多少省下一些錢，對我們來說很有幫助。

幾天後，我們搭上共乘馬車，往密利拉鎮出發。

搭馬車的優點就是很輕鬆。

我們也很想要馬車，但管理和照顧馬匹都需要錢，所以我們無法購買。

馬車緩緩前進，規律的震動讓人昏昏欲睡。因為早起的關係，我不小心睡著了。

「喂，荷倫，醒醒！我們到洞窟了，聽說要在這裡休息一下。」

聽到辛的聲音，我醒了過來。

我往馬車外望去，看到一個洞窟。為了讓馬休息，我們好像要在這裡停留一陣子。我走下馬車，伸展僵硬的身體。

「喂～辛、荷倫，這裡有熊耶。」

小拉呼喚我們。

我們走向小拉和布魯，發現洞窟前有個很大的熊熊石像。

「對喔，還有這個東西。」

上次在洞窟周圍狩獵魔物時，我們有看到。

「果然跟優奈小姐店裡的那種熊一樣。」

「據說發現這個洞窟的人就是優奈小姐。」

優奈小姐似乎發現了不為人知的洞窟。發現洞窟的時候，她是一個人進去的嗎？現在有魔石，所以很明亮，但當初發現時應該很陰暗。如果是我發現，我一定會怕得不敢獨自進入洞窟。

「大海就在洞窟的另一頭吧。」

辛看著洞窟深處。

「沒想到我們也有看得到大海的一天。」

大家都期待得不得了。

當然了，我也很期待。

馬的休息時間結束後，我們重新出發。

馬車駛入洞窟內。

洞窟裡的空間比想像中更大，有光之魔石照亮黑暗。我們一開始覺得在洞窟內前進很有趣，但看著同樣的景色就漸漸感到膩了。辛不再望著窗外，閉著眼睛休息，小拉和布魯也睡著了。

我也想睡覺，但剛才已經睡了一陣子，我現在並不睏。

在寂靜之中，馬車通過漫長的洞窟。

究竟過了多久呢？我思考著接下來的事來打發時間。這時，手握韁繩的駕駛對我們說道：

「快要駛出洞窟了。不過，請不要在馬車中移動。」

駕駛明明這麼警告，還是有人移動，也有人乖乖不動。

移動的人大概是跟我們一樣初次造訪密利拉鎮的人吧。

我稍微移動，往前方望去。前方透出小小的光芒，看得出來是洞窟的出口。隨著馬車前進，光芒變得愈來愈大。

經過洞窟以後，道路持續延伸，前方就是我們曾聽說的大海。

大海寬闊得令人難以置信，彷彿沒有盡頭。

「辛、小拉、布魯，是海耶！海！」

我搖醒睡著的三人。

「海！」

辛他們醒了過來。

「哦，好大！」

辛他們比我還要興奮，逗得其他乘客都笑了。

雖然有點難為情，但我們是第一次見到海，這也難怪，我也興奮得好想大叫。

馬車抵達密利拉鎮的入口，所有人的公會卡或居民卡都確認完畢後，馬車駛入城鎮。

進入城鎮的時候，太陽已經快要下山了，天上掛著漂亮的夕陽。

駕駛說道：「第一次見到的人都很驚訝。」

馬車繼續前進，載著我們前往城鎮中心。

「首先要去旅館一趟。」

「是要去安絲小姐的爸爸經營的旅館吧。」

我們看著安絲小姐替我們畫的地圖，前往旅館。

「就是這裡。」

多虧安絲小姐的地圖，我們馬上就找到旅館了。

「我的肚子好餓，快點進去吃飯吧。」

我們走進旅館。

因為是晚餐時間，旅館裡人滿為患。

「真的有房間能住嗎？」

旅館有可能已經客滿，沒有空房了。

「不好意思。」

我叫住忙碌的女員工。

以年齡來說，她或許是安絲小姐的媽媽。

「歡迎光臨，來吃飯嗎？」

「不，我們想住宿，請問還有空房嗎？」

「空房是嗎？」

聽完我們的要求，女員工露出傷腦筋的表情。

「現在只剩下一間三人房了。」

「我可以跟大家一起住。」

我這麼說，女員工便陷入沉思。

「不好意思，我從安絲小姐那裡拿到了一封信。」

我把信交給女員工。

「安絲的信？」

女員工露出驚訝的表情，然後讀起了信。

「她還真會給人找麻煩。」

旅館的女員工看著信嘆氣。

「不用勉強算我們便宜也沒關係的。」

雖然很遺憾，但這也沒辦法。畢竟是安絲小姐擅自決定的事，我們不能勉強人家。辛好像也能理解，什麼都沒有說。

「我女兒都答應你們了，我可不能拒絕。」

這位女員工果然是安絲小姐的媽媽。

「你們該不會也認識熊女孩吧？」

「啊，是的。優奈小姐是教我魔法的老師，我有時候會請她教我怎麼用魔法。」

「既然如此，小姑娘就去住那個房間吧，那個房間就算你們免費。」

安絲小姐的媽媽露出想到了什麼好主意的表情。

「我住三人房就可以了。」

「不行，怎麼可以讓這麼可愛的女孩子跟男生住同一個房間呢？」

我們租了小小的房子，大家都住在一起。不過，我們的房間是分開的。

「我很想馬上帶你們去房間，但現在很忙，可以請你們邊吃飯邊等嗎？」

我們也餓了，所以沒有問題。

「好的，我們知道了。麻煩妳了。」

我們在空的位子上坐下。

「太好了，幸好有空房。」

「不過，只有荷倫住別的房間啊。」

「只有我住單人房，沒關係嗎？」

「沒關係。難得的好意，我們就接受吧。」

我很羨慕辛的正向思考。

「不管怎麼樣，先點些東西來吃吧。我好餓，快不行了。」

我們指定了金額，請旅館幫忙安排一桌料理。

過了一陣子，料理終於上桌，看起來全都很美味，跟安絲小姐店裡的菜很類似，味道也很像安絲小姐的料理，非常好吃。

吃完飯後，一位跟克里莫尼亞的冒險者公會會長一樣壯的男人來到我們面前。

「你們就是安絲和熊姑娘的朋友嗎？我是安絲的爸爸迪加，是這間旅館的老闆兼主廚。」

迪加先生自我介紹，於是我們也報上自己的名字。

「料理的味道如何？」

「非常好吃，味道和安絲小姐的料理很像。」

「那當然，教安絲做菜的人就是我啊。我看過信了，安絲在那邊過得好嗎？」

「安絲小姐的店很受歡迎。雖然其他的店也會賣魚類料理，但安絲小姐的手藝最好。」

「所以我不是說了沒問題嗎？」

安絲小姐的媽媽走了過來，拍拍迪加先生的肩膀。

「每次有知道安絲的店的客人來，你就問個不停。」

「因為我會擔心女兒啊。」

「她不是在信裡寫說自己過得很好嗎？」

「是沒錯啦。」

「你也差不多該信任自己的女兒了。」

「哼，不管手藝進步多少，做父母的還是會擔心女兒。」

「真是個傻爸爸。」

安絲小姐的媽媽嘆了一口氣。

「那麼，我也差不多該帶你們去房間了。」

房間似乎在二樓，於是我們踏上階梯。

「你們三個人就住這個房間吧。小姑娘跟我走。」

辛他們走進老闆娘說的房間。

「小姑娘就住這間房間。」

我走進房間，那是一間稍微寬敞了一點的單人房。

「熊？」

房間裡放著約三十公分高的熊擺飾。

「這個房間是熊姑娘住過的房間喔。」

「優奈小姐住過的……」

「我不知道妳對熊姑娘了解多少，其實熊姑娘是我們一家人的恩人。所以，我們決定好好保存熊姑娘住過的這個房間。後來，我老公還放了熊的擺飾，把這裡當成特別的房間呢。」

「我真的可以住在這麼特別的房間嗎？」

「別放在心上。雖說是特別的房間，我們還是會在有必要時出借。如果是安絲和熊姑娘的朋友，那就沒問題了。」

「真的不用付住宿費嗎？」

「安絲已經答應你們了，沒關係。所以妳別在意，住下來吧。」

安絲小姐的媽媽這麼說，走出房間。

一想到優奈小姐曾經住在這裡，我就覺得有點高興。優奈小姐也睡過這張床嗎？

我在優奈小姐應該睡過的床上睡覺。

新人冒險者去海邊 其二

來到密利拉鎮的隔天，我們決定馬上去看海。

只要沿著馬車行經的道路走，就可以前往海邊。

因為我們是優奈小姐的朋友，除了海邊之外，迪加先生還告訴了我們許多其他的景點。

漸漸看得到海灘了。

辛跑了出去。看到他這麼做，小拉和布魯也追了上去。

「等一下啦～」

我追著他們三人。

跑在最前方的辛跌倒了，一頭栽向沙灘。看到他跌倒的小拉和布魯笑著追過他。

「辛，你還好吧？」

「這裡是沙灘，所以我沒事。不說這個了，快走吧。」

「嗯。」

辛站起來，跑向大海。

來到水邊的我們看著一望無際的大海。

「其他人說得沒錯，真的好大喔。海到底會延伸到什麼地方？」

「是湖的幾倍呢？」

大海的廣闊是湖無法比擬的。

而且，聽說這些全都是鹽水。

我靠近海邊，觀察海水。從剛才開始，海水就一下子湧過來，一下子退回去。

我記得這就叫做海浪。

我靠近海浪，用手指沾海水起來舔。

……好鹹。

真的是鹽水。

一想到這全都是鹽水，我就覺得好厲害。

辛他們也模仿我，舔了一口海水。三人的表情都皺了起來。

我們看著彼此，放聲大笑。

盡情觀賞過海的我們前往迪加先生所說的其他景點。

好像要走到鎮外，前進一段路才會到那個地方。

「『認識優奈小姐就會覺得很驚人的景點』到底是指什麼？」

我們看著大海往前走。

「該不會是那個吧？」

走在前頭的辛伸手一指。

我看到某種形狀，那個形狀很眼熟。

我們跑了過去。

「好大。」

「是熊熊。」

海中有巨大的熊熊石像。

「這是優奈小姐做的嗎？」

「不，再怎麼說也不可能吧。」

海中的熊熊非常巨大，而且有好幾隻。

「魔法做不出這種東西吧？」

我光是要做出土牆就得費盡心力。

要做出這種巨大的熊熊石像是不可能的。

「可是，迪加先生說是因為我們認識優奈小姐，他才會告訴我們的。」

他們三個人好像都想起優奈小姐的事了。

我們聽熟識的冒險者說過許多關於優奈小姐的事蹟。

她在登記為冒險者的那天把嘲笑熊熊服裝的冒險者打個半死，隔天又一個人打倒了四十隻野狼，甚至曾經打倒一百隻哥布林和哥布林王。

最讓我驚訝的是她獨自一人打倒黑蝰蛇的事蹟。

「如果這真的是優奈小姐做的，那就太厲害了。」

「雖然她的外表是那個樣子。」

「真令人難以置信。」

一想到辛曾經在初次見到優奈小姐時擺出瞧不起人的態度，我現在還是覺得很可怕。

不過，實際跟優奈小姐相處過後，我發現她是非常善良的女孩子。她教我怎麼使用魔法，讓我的技術變好了。雖然優奈小姐的外表只是一個打扮成可愛熊熊的女孩子，卻非常厲害。

看過海中的巨大熊熊之後，我們回到旅館。

我們向迪加先生問了關於巨大熊熊的問題。

「那真的是優奈小姐做的嗎？」

「我不能說出詳情。只不過，那個熊姑娘是我們的恩人，海裡的那些熊就是證據。」

迪加先生不再繼續說下去。

我們只知道優奈小姐肯定為這座城鎮做了什麼。

後來，吃完午餐的我們前往冒險者公會。

為了得到情報，冒險者通常都會前往該城鎮的冒險者公會。

密利拉鎮的冒險者公會的冒險者不多。

原因似乎在於冒險者的外流，但沒有人告訴我們詳細的理由。

只不過，就連我們也知道有強大的魔物出現了。

另外，密利拉鎮的公會會長是女性，而且還是位美女。

會長不遮掩曬成小麥色的肌膚，坦露自己的大胸部，使得辛他們老是盯著會長的胸部看。

我不發一語地捏了辛的褲子。

辛看了我一眼，但又視而不見。

男生果然都喜歡胸部大的女生嗎？

接下來，我們前往碼頭。

船隻有載客的服務，聽說是最近才開始的。搭船當然要付費，但多虧迪加先生的介紹，我們得以用優惠價格上船。

「不好意思，請問達蒙先生在嗎？」

我問船邊的一位先生。

「啊啊，要找達蒙的話，那艘船上的人就是了。」

「謝謝。」

我們道謝，走向人家告訴我們的船。

「不好意思，我們聽迪加先生說這裡可以搭船。」

「啊啊，我聽說了。你們就是迪加老爹提到的冒險者吧？」

「是的，要麻煩你了。」

「我就快準備好了，你們稍等一下。」

他的名字叫做達蒙先生，平常在當漁夫，有空閒的時候也會載其他城鎮的客人出海。

準備工作結束後，我們搭上了船。

這是我們第一次搭船。站在船上，腳下會搖搖晃晃的。我們努力站穩，身體還是會左右晃動，無法取得平衡。

「不好好抓穩是很危險的。還有，身體不舒服就告訴我吧。」

「坐船會讓人不舒服嗎？」

「這就因人而異了，但有很多第一次搭船的人會噁心想吐。因為搖晃的關係，身體會覺得不舒服。」

船在海上載浮載沉。

「各位居民都沒問題嗎？」

「我們這些漁夫從小就搭船嘛。不過，風浪很強的時候，我們有時候也會想吐。」

船隨著海浪搖擺，漸漸遠離陸地。

「我聽迪加老爹說過了，你們認識安絲吧。安絲過得好嗎？」

「她很好，每天都忙著做料理。」

「這樣啊。對了，安絲有男朋友了嗎？」

達蒙先生突然這麼問，讓我一時之間答不上來。

「……安絲小姐的男朋友嗎？我也不知道詳情，但沒有聽說過類似的事。」

她或許有男朋友，但我並不知道。

「這樣啊。」

「達蒙先生該不會是對安絲小姐……」

雖然兩人的年紀有一點差距，但還在可接受的範圍內。

「才不是呢，我已經有老婆和小孩了。安絲很受年輕漁夫的歡迎，有很多男人都想吃她親手做的料理。可是她去了克里莫尼亞，很多人都大受打擊。」

的確，安絲小姐長得漂亮又擅長做料理，很有女人味，我能理解她為何受歡迎。

「可是，既然她那麼受歡迎，怎麼沒有人挽留她呢？」

「因為是熊姑娘邀請她的吧，所以沒有人敢抱怨。」

熊姑娘指的應該是優奈小姐吧。

「在優奈小姐來之前，都沒有人跟她表白過嗎？」

「因為大家都怕迪加老爹，沒有人敢對安絲出手。」

達蒙先生這麼說，我們都恍然大悟。迪加先生的肌肉確實驚人。

大家好像都是因為怕他，所以才不敢邀請安絲小姐去約會。

「既然安絲沒有在克里莫尼亞遇到蒼蠅，我就放心了。不過，克里莫尼亞的男人還真是沒眼光，竟然沒有人對安絲出手。」

這麼說也有道理，我覺得安絲小姐應該會很受歡迎才對。

「啊啊，是因為她吧。」

「嗯，是因為她。」

「絕對沒錯。」

我還一頭霧水的時候，辛他們好像已經知道理由了。

「我想大概是有優奈小姐在的關係。」

「只有我們男生有聽說過，要是對優奈小姐店裡的女員工出手，就會惹優奈小姐生氣。」

「真的嗎？」

我第一次聽說這件事。

「跟對方聊天是沒關係，但要是邀請人家喝酒，或是去別的地方就不行了。所以，冒險者不會對優奈小姐店裡的女員工做些什麼，要是有人那麼做，聽說會遭到制裁。所以也有人交代我們，要是見到那種男人就要回報。」

「我都不知道。」

「好像只有我們男生知道。所以荷倫，妳也不要說出去，要不然我們會挨罵的。」

雖然我覺得很蠢，還是點頭答應了。

要是其他冒險者責怪辛他們，我也很傷腦筋。

船繼續前進，離陸地愈來愈遠。一想到在這裡落海會有什麼下場，我就覺得好可怕。

「這片海域會延伸到哪裡呢？」

「大海沒有盡頭，不管前進幾天，都是一片汪洋。」

「海的另一頭有什麼呢？」

「有國家，不過據說要航行好幾天才會到，靠我這種小船是到不了的。」

「國家……」

「那是非常遙遠的地方。」

「世界真是遼闊呢。」

對村莊出身的我們來說，克里莫尼亞已經很大了。城裡有各式各樣的東西，人也很多，感覺就像世界變大了。

克里莫尼亞的前方還有王都。

我們還有許多不曾去過的地方。

原來世界是如此遼闊。

後來，辛、小拉、布魯三個人感到不適，於是我們決定回到陸地。

「身體還在搖晃。」

「你們沒事吧？」

大家一上岸就不支倒地。

「女孩子都沒事了，你們這些男生也太沒用了吧。」

達蒙先生看著辛他們，這麼笑著說道。

「就算這麼說……嗚噁。」

辛摀著自己的嘴巴。

「你們這個樣子可當不了好漁夫。」

「我們是冒險者。」

「不，冒險者也會在海上戰鬥喔。」

「真的嗎？」

「是啊，因為海裡也有魔物嘛。」

達蒙先生說出耐人尋味的話，然後又閉上嘴巴。

那是什麼意思呢？

達蒙先生看著我們，回到原本的話題。

「難得尤拉做了料理在等我們，你們這個樣子還吃得下嗎？」

我們約好下船之後去吃達蒙先生的太太做的菜。

「稍微休息一下就沒事了。」

我們休息了一陣子以後，吃了達蒙先生的太太——尤拉小姐做的海鮮料理。安絲小姐做的海鮮料理很好吃，尤拉小姐做的海鮮料理也很美味。

後來，在密利拉鎮觀光了幾天的我們回到克里莫尼亞。

希望還有機會再來。

後記

好久不見，我是くまなの。感謝您拿起《熊熊勇闖異世界》第十一集。

時光飛逝，故事已經來到第十一集，優奈依舊享受異世界生活。剛開始發生了許多事，但優奈在幫助他人與受人幫助的過程中，漸漸以熊的身分被接納了。

而在第十一集，優奈帶著菲娜、修莉、諾雅這些熟悉的成員前往希雅就讀的學校參觀校慶。異世界的校慶有優奈知道的攤位，也有異世界特有的攤位，使她樂在其中。

校慶的第一天順利結束，即將進入第二天。

這次有一件事要告知。明年一月，以店家特典的短篇故事彙集而成的「第11・5集」即將發售（註：台灣版將於2020年11月發售）。因為附近沒有實體店而沒能取得特典的讀者，之前真的很抱歉，希望大家都能藉這個機會購入。對於實現了這項企畫的出版社，我有說不完的感謝。

最後我要感謝在出版過程中盡心盡力的各位同仁。

感謝029老師這次也描繪了漂亮的插畫。

感謝編輯總是包容我的錯誤。另外，還有參與《熊熊勇闖異世界》第十一集出版過程的諸多人士，感謝你們的幫助。

感謝閱讀本書至此的各位讀者。

那麼，衷心期待能在第十二集再次相見。

二〇一八年十一月吉日　くまなの

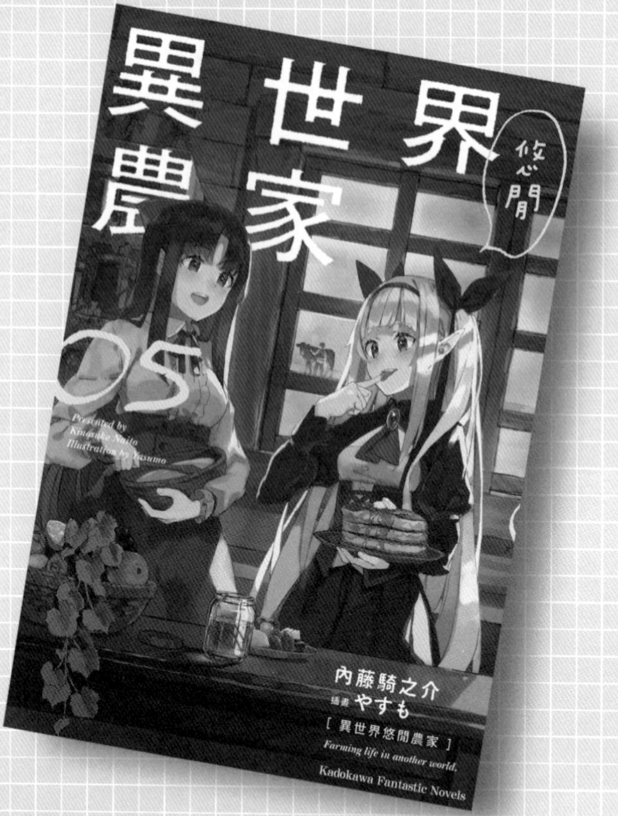

異世界悠閒農家 1~5 待續

作者：內藤騎之介　插畫：やすも

天空之城突然對大樹村宣戰！
火樂與大樹村發生重大危機！

大樹村上空突然出現一座飛天城堡——「太陽城」，一名背上帶有蝙蝠翅膀的男子占領村子，並向火樂等人宣戰。火樂一如往常使用「萬能農具」解決了危機；然而，真正的危機現在才要開始！為了壓制「太陽城」，大樹村召集精銳，開始發動總攻擊！

各 **NT$280~300/HK$90~100**

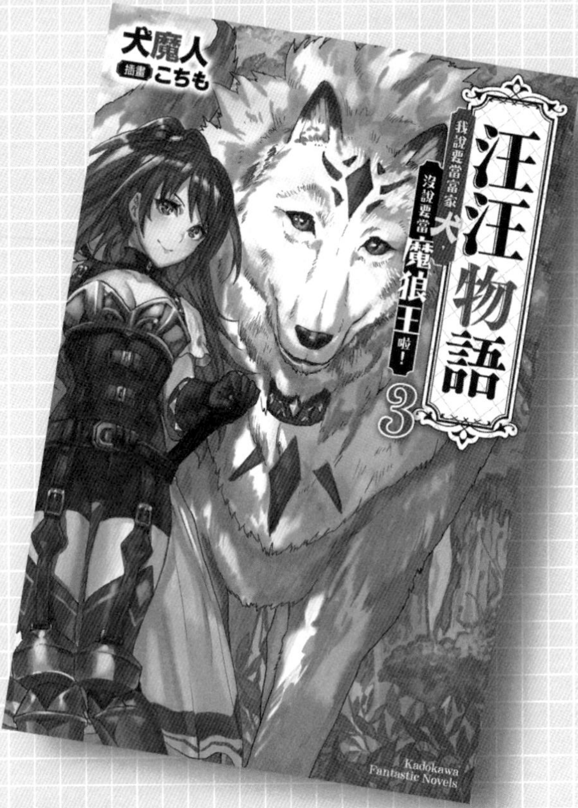

汪汪物語～我說要當富家犬，沒說要當魔狼王啦！～ 1~3 待續

作者：犬魔人　插畫：こちも

步步逼近的喪屍身上散發出魔王軍的氣息──？
今天也鬧哄哄的「芬里爾」轉生奇幻故事，第三彈！

洛塔如願以償轉世成為富家犬，一封宣告要劫走宅邸寶物的預告信，卻忽然闖入牠悠閒自在的寵物生活！然而，闖進來的卻是可愛的精靈三姊妹，她們背後似乎有什麼苦衷？最近田裡也出現了蔬菜小偷，意外地輕易抓到了犯人……其真面目竟然是骸骨馬！

各 **NT$200~220/HK$67~73**

里亞德錄大地 1~2 待續

作者：Ceez　插畫：てんまそ

葵娜與商隊來到黑魯修沛盧的王都，
並遇見了自稱她孫子的妖精——？

　　少女「各務桂菜」——葵娜透過與善良的人們及自己在遊戲裡創造出的小孩邂逅、交流，漸漸接受了現實世界「里亞德錄」。她一邊學習一般常識一邊與商隊同行，來到北國黑魯修沛盧的王都，並在這裡遇見自稱「葵娜的孫子」的妖精——？

各 **NT$250~260/HK$83~87**

邊境的老騎士 1~3 待續

作者：支援BIS　插畫：笹井一個

美食史詩的奇幻冒險譚第三幕！
老騎士巴爾特將與英雄豪傑展開熾熱之戰!!

老騎士巴爾特與哥頓・察爾克斯道別，再次度過奧巴河前往西岸。在洛特班城觀賞邊境武術競技會，並為多里亞德莎的戰鬥做見證。原本身為旁觀者的老騎士卻因為事態轉變而被捲入其中。巴爾特更前往帕魯薩姆王都，而這也將成為捲入中原全體的動亂序章。

各 **NT$240~280/HK$75~93**

普通攻擊是全體二連擊，這樣的媽媽你喜歡嗎？
井中だちま
illustration 飯田ぽち。
STORY INAKA DACHIMA ILLUST IIDA POCHI VOLUME 7
Kadokawa Fantastic Novels

普通攻擊是全體二連擊，這樣的媽媽你喜歡嗎？ 1~7 待續

作者：井中だちま　插畫：飯田ぽち。

靠著媽媽的力量，
把無人島改造成度假村吧！

大好真真子一行人獲得「搭飛船遊南洋．四天三夜度假之旅」招待券，飛船卻臨時故障摔在無人島上，裝備全掉光，真人原本妄想的勇者大冒險變成一場決死的野外求生——真真子卻把無人島弄得有回家的感覺!?

各 **NT$220/HK$68~75**

本田小狼與我 1~4 待續

作者：トネ・コーケン　插畫：博

小熊與他人的聯繫因Cub而牽起
被機車改變的人生將重新定位它的意義

畢業腳步逐漸逼近的高三冬天。小熊無視為跨年活動雀躍不已的世界，打算獨自迎接寒假來臨。這時，出現一位有意延攬小熊的機車快遞公司社長浮谷，於是開始新的打工。小熊原本一無所有，也沒有朋友和興趣，然而Cub卻為她帶來了人與人之間的聯繫。

各 **NT$200/HK$65~67**

國家圖書館出版品預行編目資料

熊熊勇闖異世界 / くまなの作 ; 王怡山譯. -- 初版.
-- 臺北市 : 臺灣角川, 2020.06-
冊 ; 公分. -- (Kadokawa fantastic novels)
譯自 : くま クマ 熊 ベアー
ISBN 978-957-743-812-6(第10冊 : 平裝). --
ISBN 978-957-743-959-8(第11冊 : 平裝)

861.57 109005090

Kadokawa Fantastic Novels

熊熊勇闖異世界 11

（原著名：くま クマ 熊 ベアー 11）

2020年9月21日　初版第1刷發行
2021年1月22日　初版第2刷發行

作　者：くまなの
插　畫：029
譯　者：王怡山

發行人：岩崎剛人
總編輯：蔡佩芬
編　輯：蘇涵
美術設計：黃永漢
印　務：李明修（主任）、張加恩（主任）、張凱棋

發行所：台灣角川股份有限公司
地　址：105台北市光復北路11巷44號5樓
電　話：（02）2747-2433
傳　真：（02）2747-2558
網　址：http://www.kadokawa.com.tw
劃撥帳戶：台灣角川股份有限公司
劃撥帳號：19487412
法律顧問：有澤法律事務所
製　版：尚騰印刷事業有限公司
ISBN：978-957-743-959-8